갈매기에게 나는 법을
가르쳐준 고양이

# 갈매기에게 나는 법을
# 가르쳐준 고양이

루이스 세뿔베다 지음 · 유왕무 옮김 · 이억배 그림

바다출판사

Historia de una gaviota y del gato que le enseñó a volar
by Luis Sepúlveda

내 꿈에서 최고의 선원들인
아들 세바스띠안, 막스, 레온에게

그들이 승선했던
함부르크 항구에

그리고 고양이 소르바스에게

이 책을 바칩니다.

차례

# 1

2

1

# 갈매기 켕가

"왼쪽에 청어 떼다!"

고기 떼를 찾으며 주위를 살피던 정찰 갈매기가 소리쳤다. 더없이 반가운 소식이었다. 아레나 로하 등대에서 날아온 갈매기 떼들은 경쾌한 울음소리로 이에 응답하였다.

그들은 여섯 시간째 날고 있었다. 쉬지도 않았다. 물론 선두 갈매기들이 온난 기류로 인도한 덕분에 그다지 힘들지는 않았다. 날씨도 쾌적하여 대서양을 활공하기엔 안성맞춤이었다. 그런데도 갈매기들은 너무 많이 지쳐 있었다. 체력을 보충할 필요가 있었다. 그러기 위해서는 청어를 배부르게 먹는 것만큼 좋은 방법은 없었다.

갈매기들은 북해의 엘바 강 어귀를 비행하고 있었다. 넓은 바다로 나가서 전 세계 항구로 뿔뿔이 흩어지기 위해 순서를 기다리는 크고 작은 배들이 많이 보였다. 그 배들은 인내력 좋고 잘 훈련된 바다동물들처럼 차례로 열 지어 항구에 정박해 있었다.

은빛 날개를 자랑하는 갈매기 켕가는 선박의 깃발들을 관찰하는 걸 좋아했다. 그래서인지 그는 그 깃발들 하나하나가 서로 다른 나라의 언어로 쓰였으며, 같은 물건이라도 나라와 언어에 따라서 서로 다른 이름으로 부른다는 사실도 알고 있었다.

"인간들이란 꽤나 복잡한 동물이야! 우리 갈매기들은 세계 어디서나 똑같은 말 한마디면 다 통하는데 말야."

켕가는 같이 날고 있는 동료에게 말을 걸었다.

"글쎄 말야. 그렇게 복잡한데도 사람들이 서로서로 이해하고 말이 통할 수 있다는 건 더 희한한 일이지."

동료 갈매기도 이해할 수 없다는 투였다.

해안선 저 멀리 진녹색 풍경이 보였다. 드넓은 초원이었다. 바람을 타고 느릿느릿 돌고 있는 풍차 날개가 보였고, 방파제 아래에서는 양 떼들이 평화롭게 풀을 뜯고 있었다.

이윽고 선두 갈매기는 무리에게 하강 지시를 내렸다. 그러자 갈매기들은 기다리기라도 했다는 듯이 앞다퉈 하강하기 시작했다. 엄청난 양의 청어 떼 위로 날카로운 부리를 앞세우며 돌진했다. 한류성 기류를 탔기 때문에 하강 속도가 더 빨랐다. 거의 120마리에 달하는 갈매기들은 마치 떨어지는 화살처럼 물속으로 곤두박질쳤다. 갈매기들이 잠수할 때마다 튀어 오르는 물보라가 장관을 이루었다. 갈매기들이 수면으로 다시 올라올 때는 모두가 입에 청어 한 마리씩을 물고 있었다.

'아이고, 맛있는 놈들. 감칠맛이 나는 데다, 통통하기도 하지.'

갈매기들은 벌써 원기를 회복한 표정들이었다.

그들은 네덜란드 북부의 덴헬데르까지 계속 비행해 그곳에서 다시 북쪽 프리지아 섬의 갈매기들과 합류할 계획이었다. 그러고 나서 도버 해협을 통해 칼레로 날아가고, 거기서 영국 해협을 통해 센만과 생말로 만에 다다라 그곳의 갈매기들과 만난다. 그리고 그들과 함께 스페인 북부의 비스카야 창공까지 날아가는 것이 원래의 계획이다. 그때쯤 되면 갈매기는 약 1,000마리 정도가 될 것이다. 그들이 이동하는 모습은 마치 빠른 속도로 움직이는 은빛 구름 같을 것이다. 게다가 베야 이레 섬, 올레롱 섬, 마치차코 곶, 아호 곶, 페냐스 곶의 갈매기 무리들과 합치면 그 수는 이루 헤아릴 수 없이 많아질 것이다.

그것은 바람과 바다의 법칙에 순응하는 갈매기들의 길고도 먼 여행이다. 마침내 비스카야 상공에서는 발트해와 북극해, 대서양을 건너온 전 세계의 갈매기들이 모두 모이는 대화합의 장이 열릴 것이다.

'참으로 멋진 만남이 될 거야.'

켕가는 청어를 세 마리째 맛나게 먹으면서 그런 생각을 해보았다. 각지에서 모여든 갈매기들은 매년 각자가 경험한 재미있는 이야기를 들려주었다. 그중에서도 페냐스 곶 출신의 떠돌이 갈매기들이 들려주는 모험담이 특히 재미있었다. 그들은 지칠 줄 모르고 이곳저곳을 닥치는 대로 돌아다니는 갈매기들이었다. 때로는 카나리아 제도나 카보베르데 제도까지도 날아갔기 때문에 이야기 보따리가 누구보다도 풍성했다.

켕가와 같은 암컷 갈매기들은 대연회에 정신이 팔려서 다른 데신경 쓸 겨를이 없을 정도였다. 오징어와 정어리까지 준비된 호화판 축제였다. 그 사이에 수컷들은 벼랑 끝에 둥지를 틀고 암컷들은 그 둥지에서 알을 낳을 것이다. 그리고 어떠한 위협이 있어도 그 알들을 가슴에 품을 것이다. 조금 지나 알을 깨고 나온 새끼들에게 깃털이 나기 시작할 것이고, 그때가 이번 여정에서 가장 극적인 하이라이트가 될 것이다. 저 아름다운 비스카야 창공에서 어린 새끼 갈매기들에게 나는 법을 가르치는 것 말이다.

켕가는 네 마리째 청어를 낚아채기 위해 물속에 다시 한 번 머리를 담갔다. 바로 그 순간 하늘을 뒤흔드는 긴박한 위험 신호가 울려 퍼졌다. 그러나 켕가는 물속에 있었으므로 그 소리를 듣지 못했다.

"오른쪽을 조심해! 비상이다! 다들 위로 올라와!"

얼마 후 켕가가 물속에서 머리를 들었다. 그러나 그 넓디넓은 바다에는 켕가만이 외롭게 남아 있었다.

# 검은 고양이 소르바스

"너 혼자 두고 가서 미안해!"

소년은 몸집이 큰 검은 고양이의 배를 쓰다듬었다. 그러더니 계속해서 이것저것 잡다한 물건들을 배낭에 집어넣었다. 그가 가장 좋아하는 록 그룹 중 하나인 '푸르PUR'의 카세트테이프도 한 개 집어넣었다. 그러고는 잠시 머뭇거리다 테이프를 다시 꺼내고는, 그것을 탁자 위에 놓을지 다시 배낭에 집어넣을지 한참을 망설였다. 꽤나 고민하는 눈치였다. 누구나 그렇듯이 방학여행을 갈 때 어떤 물건을 가지고 가야 할지, 두고 가야 할지를 결정하는 것은 그리 쉬운 일이 아니다.

몸집이 큰 검은 고양이는 창틀에 걸터앉아 있었다. 고양이가 가장 좋아하는 장소였다. 고양이는 그곳에서 소년의 행동을 유심히 지켜보았다.

"아참, 내가 물안경을 챙겼나? 소르바스, 너 내 물안경 봤니? 아니지, 아냐. 너는 물을 싫어하니까 잘 모를 거야. 참 딱하구나. 그 재미있는 것을 모르다니. 얼마나 재미있는 운동인지, 넌 잘 모를 거야. 수영은 이 세상에서 가장 재미있는 스포츠라고. 자, 과자나 먹을래?"

소년은 비스킷 상자를 집어들고, 인심 좋게 일 인분도 넘는 많은 양을 고양이에게 주었다. 몸집이 큰 검은 고양이는 아주 천천히 비스킷을 씹기 시작했다. 과자 먹는 즐거움을 최대한 길게 끌고 싶어서였다.

'참 맛있는데! 날생선 내가 나는군! 훌륭한 꼬마야!'

고양이는 비스킷을 입안에 가득 넣은 채로 생각했다.

'훌륭한 꼬마라고? 아냐, 이 세상에서 최고지!'

고양이는 입안에 든 비스킷을 꿀꺽 삼키면서 생각을 바로잡았다.

몸집이 큰 검은 고양이 소르바스가 소년에 대해 이렇게 생각하는 데는 여러 가지 이유가 있었다. 소년은 그 맛있는 과자를 사기 위해 한 달 용돈을 거의 다 쓸 뿐 아니라 소르바스의 집 바닥에 작은 자갈들을 깔아줘 편하게 쉴 수 있게 배려해주었다. 또한 소르바스의 용변기도 항상 깨끗이 닦아주었다. 중요한 문제들에 대해서는 소르바스에게 충고도 해주었다. 실수를 하더라도 윽박지르지 않고 잘 타이르면서 가르쳤다.

그들은 종종 발코니에 함께 앉아 시간을 보냈다. 한번은 끊임없이 분주한 함부르크 항구의 모습을 바라보며 소년이 고양이에게 이렇게 말한 적도 있었다.

"소르바스야, 저 배 보이지? 너, 저 배가 어디서 오는지 아니? 저 배는 라이베리아에서 오는 거야. 그 나라는 아프리카에 있는데, 아주 재미있는 나라란다. 예전에 흑인 노예였던 사람들이 세운 나라 거든. 나는 이 다음에 커다란 범선의 선장이 되어 라이베리아로 갈 테야. 너도 데리고 갈게. 소르바스, 너는 훌륭한 바다 고양이가 될 거야. 내가 확실하게 보증하지."

소년은 항구에 사는 모든 아이들과 마찬가지로 배를 타고 먼 나라로 여행하는 것이 꿈이었다. 몸집이 큰 검은 고양이는 야옹거리며 그의 이야기를 듣고 있었다. 바다 물살을 헤치며 천천히 다가오는 거대한 범선을 지그시 바라보면서……

그렇다. 소르바스는 소년에게 깊은 애정을 느끼고 있었다. 또한 소년이 자신의 생명의 은인이라는 사실을 잊지 않고 있었다.

소르바스는 원래 일곱 형제들과 함께 살고 있었다.

어미 고양이의 젖은 미지근했지만 꽤나 달콤했다. 그러나 일곱 형제가 늘 배불리 먹을 수는 없었다. 그런데 어느 날 문득 그는 생선 대가리 맛이 어떨지 맛보고 싶었다. 상인들이 커다란 고양이들에게 생선 대가리를 던져주는 모습을 눈여겨보아왔던 탓이다. 그러나 그것을 통째로 먹어치우려는 생각은 전혀 없었다. 정말이지, 그럴 생각은 추호도 없었다. 단지 생선 대가리를 바구니까지 물고 와 형제들에게 보여주며 이렇게 말하려던 참이었다.

"이제 엄마 젖은 그만 빨아먹자! 너희들은 엄마가 얼마나 야위었는지 보이지도 않니? 이제 우리들도 생선을 먹자. 항구 고양이들은 생선을 먹는다고!"

하지만 그가 집을 떠나기 며칠 전, 어미 고양이는 소르바스를 불러 앉히더니 매우 진지하게 말했다.

"너는 참으로 기특하고 영민하구나. 참 다행이다. 하지만 집을 나가면 안 돼. 내일이나 모레쯤이면 사람들이 와서 너와 네 형제들의 운명을 결정할 거야. 그들은 틀림없이 너희들에게 멋진 이름을 지어줄 거다. 너희들의 먹이도 충분하게 보장해줄 거고. 너희들이 항구에서 태어난 것은 커다란 행운이란다. 항구 사람들은 고양이를 사랑하고 보호해주거든. 사람들이 우리들에게 바라는 것은 오직한 가지, 쥐를 쫓는 거지. 그렇단다, 얘야. 항구의 고양이가 된다는 것은 매우 큰 행운이야. 그렇지만 너는 누구보다도 더 조심해야 한다. 너는 불행하게 될지도 모르는 운명을 타고났기 때문이지. 얘야, 너도 알다시피, 네 형제들은 모두가 회색 바탕에 호랑이 줄무늬 털이지. 하지만 너는 턱수염 밑에서 반짝이는 흰 털 뭉치를 조금 빼고는 완전히 검은 털인 채 태어났단다. 사람들 중에는 검은 고양이가 불운을 가져온다고 믿는 사람도 있단다. 얘야, 그러니 너는 절대로 집을 나가서는 안 된다."

그러나 그때만 해도 조그맣고 동그란 석탄 덩어리 같았던 소르바스는 마침내 어미 고양이의 말을 안 듣고 가출을 시도했다. 무엇보다도 그는 생선 대가리 맛이 어떤지 알고 싶었다. 그리고 집 바깥의 세상이 어떻게 생겼는지 몹시 궁금했고, 세상의 일부라도 직접 보고 싶었다.

소르바스는 집에서 그리 멀리 나가지 않았다. 꼬리를 바싹 세워 흔들면서 총총걸음으로 생선이 있는 곳으로 찾아갔다. 얼마 후, 고개를 옆으로 삐딱하게 기울이고 따뜻한 햇볕을 받으며 졸고 있는 커다란 새의 앞을 지나쳤다. 그 새의 모습은 꽤나 우스꽝스러웠다. 부리 밑에는 커다란 모이주머니가 달려 있었다.

그런데 몸집이 작은 검은 고양이는 갑자기 자신의 네 발이 땅에서 점점 멀어져 간다고 느꼈다. 무슨 일인지 영문도 모른 채, 자신이 허공에서 허우적거리고 있었다. 아등바등거려 봤자 소용없었다. 소르바스는 정신을 가다듬었다. 그리고는 이 세상에 태어나서 엄마가 제일 먼저 가르쳐주었던 동작들 중 하나를 기억하면서, 네 발로 착지할 만한 장소를 물색했다. 바로 아래에는 우스꽝스럽게 생긴 그 새가 부리를 떡 벌리고 서서 소르바스가 떨어지기만을 기다리고 있었다. 결국 소르바스가 떨어진 곳은 모이주머니였다. 그곳은 꽤나 어두웠고 냄새가 지독하게 역겨웠다.

"내보내줘! 내보내달란 말야!"

소르바스의 목소리는 절망적이었다.

"오, 제법인데. 말도 할 줄 아네."

새는 입을 벌리지 않은 채 말했다.

"어디서 굴러먹다 온 놈이냐?"

"흥, 내보내주지 않으면 가만두지 않을 테다. 할퀴어버리고 말 거야!"

소르바스는 앙칼지게 소리지르면서 위협했다.

"혹시, 너…… 개구린가 뭔가 하는 놈 맞지?"

새는 여전히 입을 꼭 다문 채로 물었다.

"이 바보 같은 놈아, 숨막혀 죽겠다! 어서 내보내달란 말야!"

몸집이 작은 고양이가 악다구니를 썼다.

"맞아. 너 개구리지! 근데, 검은 개구리라? 좀 이상한걸."

"이 멍청아! 나는 고양이라고! 더 이상 못 참겠다. 당장 열어주지 않으면 후회할걸!"

몸집이 작은 소르바스는 거듭 위협했다. 그러면서 어두컴컴한 모이주머니 속에서 자신의 발톱을 꽂을 만한 곳을 찾았다.

"내가 고양이와 개구리도 구별 못하는 줄 아니? 고양이들은 털북숭이에다 동작도 잽싸고 몸에서 슬리퍼 냄새가 나지. 너는 개구리가 틀림없어. 나는 개구리를 여러 마리 먹어본 적이 있지. 맛이 그리 나쁘지 않더군. 그런데 그놈들은 녹색이었는데. 이봐, 너 혹시 독개구리는 아니겠지?"

새가 걱정스러운 투로 물어보았다.

"그래, 난 독개구리다. 날 먹으면 재수가 더럽게 없을걸!"

"앗, 그렇다면 곤란한데! 하지만 독고슴도치를 먹었을 때는 아무

일도 없었는데 눈 딱 감고 먹어치울까, 뱉어버릴까?"

새는 잠시 고민에 잠겼다. 그런데 갑자기 새의 몸이 심하게 뒤흔들렸다. 새는 날개를 퍼덕대더니, 이윽고 입을 쩍 벌리고 말았다.

마침내 소르바스는 머리를 밖으로 밀어내고는, 곧바로 몸 전체를 내던지며 땅 위로 뛰어내렸다. 소르바스의 몸 전체는 점액으로 완전히 젖어 있었다. 바로 그때 소르바스는 소년을 처음 보았다. 소년은 새의 목덜미를 움켜쥐고 심하게 두들겨 패고 있었다.

"이 바보 같은 펠리컨, 너는 눈도 없니? 장님이냐고! 이리 온, 고양이야. 불쌍한 것 같으니라고. 하마터면 저놈의 배 속에서 끝장날 뻔했구나."

소년은 고양이를 팔에 안으면서 토닥거렸다.

소년과 고양이의 우정은 이렇게 시작되었다. 그렇게 우연히 시작된 둘 사이의 우정이 벌써 5년째 계속 되고 있었다.

소년이 그의 머리에 입맞췄다. 소르바스는 그제야 회상에서 깨어났다. 소년은 배낭을 메고 문까지 걸어가더니 고양이를 혼자 두고 가는 것이 못내 아쉬운지 한 번 더 작별인사를 했다.

"4주 후에 보자, 소르바스. 매일매일 너를 생각할게, 약속!"

"소르바스, 안녕!"

"안녕, 뚱땡이!"

소년의 동생 둘도 고양이에게 아쉬운 작별인사를 했다.

몸집이 큰 검은 고양이는 이중 자물쇠로 된 현관문이 닫히는 소리가 들리자 식구들이 멀리 떠나는 것을 다시 한 번 보기 위해 창문 쪽으로 뛰어갔다. 창문에서는 길이 훤히 내다보였다.

몸집이 큰 검은 고양이는 모처럼 편안하게 숨을 내쉬었다. 앞으로 4주 동안은 내 세상이다! 그러나 이웃집에 사는 소년의 친구가 매일 올 것이다. 소르바스에게 통조림 먹이도 주고 작은 자갈이 깔린 고양이 집을 깨끗이 청소해주러 말이다.

어쨌든 이제는 의자와 침대에서 왔다 갔다 하며 이리 뒹굴 저리 뒹굴 게으름피우고 농땡이도 칠 수 있게 되었다. 발코니에 나가 지붕에도 기어오르고 그곳에서 늙은 밤나무 가지로 뛰어오를 수도 있을 것이다. 게다가 안마당까지도 내려갈 수 있다. 안마당은 동네의 고양이 친구들과 종종 만나서 놀던 곳이었다. 결코 지루하지 않을 거야. 결코!

몸집이 큰 검은 고양이 소르바스는 신나는 상상을 하며 즐거워했다. 그러나 안타깝게도 앞으로 수 시간 내에 어떤 일이 벌어질지 미처 깨닫지 못하고 있었다.

그래서 소르바스는 마냥 즐거워할 수 있었다.

# 검은 파도

켕가는 다시 하늘로 날아오르기 위해 날개를 쭉 폈다. 그러나 커다란 파도가 몸 전체를 덮어버렸다. 가까스로 물 위로 떠오른 켕가는 머리를 힘차게 흔들어 젖혔다. 눈앞이 칠흑 같은 어둠에 휩싸인 듯 갑자기 아무것도 보이지 않았다. 켕가는 그제야 깨달았다. 자신이 앞을 볼 수 없는 것은 오염된 바닷물의 기름 탓이라는 사실을.

켕가는 날개에 묻은 기름을 물에 씻어보려고 했다. 머리를 물속에 담갔다 뺐다 하기를 여러 차례 반복했다. 허공에서 머리를 세차게 흔들어댄 뒤 다시 눈을 떠보았다. 온통 석유 기름으로 뒤덮인 그의 망막 사이로 마침내 가느다란 햇살 몇 줄기가 비치기 시작했다. 끈끈한 얼룩의 검은 기름은 눈에만 붙어 있는 것이 아니었다. 날개와 몸통에도 뒤덮여 날개가 몸통에 찰싹 달라붙어 있었다. 켕가는 움직일 수가 없었다. 그러나 절망하지 않았다. 우선 검은 기름 띠의 한가운데서 빠져나가야 한다고 생각했다. 헤엄을 빨리 치기 위해

다리를 힘껏 움직이기 시작했다.

켕가는 온몸의 근육에 경련이 일 정도로 필사적인 노력을 했다. 마침내 기름 덩어리의 중심부를 벗어나 비로소 깨끗한 물과 만날 수 있었다. 눈에 묻은 기름을 씻어내기 위해 머리를 물에 담그고 수없이 눈을 깜빡였다. 마침내 눈가의 기름이 어느 정도 사라졌다. 그제야 켕가는 맑은 하늘을 올려다볼 수 있었다. 그러나 눈에 들어오는 것은 바다와 광활한 둥근 하늘 사이에 끼여 있는 몇 조각의 구름뿐이었다. 아레나 로하 등대의 갈매기 떼들은 이미 멀리, 저 멀리 날아가고 있을 것이다.

그것은 갈매기 세계의 불문율이었다. 켕가 또한 똑같은 경험을 한 적이 있었다. 어느 해였는지, 여하튼 그때도 단체 비행 중이었다. 동료 갈매기 한 마리가 지금의 켕가와 똑같이 기름에 뒤범벅이 된 일이 있었다. 다른 갈매기들은 죽음을 몰고 온 검은 파도에 화들짝 놀라서 모두 피하고 말았다. 켕가도 그 광경을 지켜보고 있을 수밖에 없었다. 하강하여 도움을 주고 싶었지만 자신의 도움이 쓸모없기도 하고 또 불가능한 일임을 깨달았다. 또 동료 갈매기들의 죽음을 보아서는 안 된다는 갈매기 세계의 규율을 존중해야 했다. 결국 도움을 주고 싶은 욕구를 억누를 수밖에 없었으며, 동료 갈매기를 눈앞에 두고도 구출하지 못한 채 멀리 날아가야만 했던 슬픈 기억이 되살아났다.

켕가의 날개는 몸에 딱 달라붙어 있어서 더 이상 움직일 수 없었다. 이러한 상태의 갈매기들은 커다란 물고기들에게 더할 나위 없이 손쉬운 먹잇감이었다. 설사 그렇지 않다 하더라도 결국은 천천히 질식해 죽게 될 것이다. 석유 기름이 깃털 사이사이로 파고들어 모든 기공을 막아버리기 때문이다.

이것이 바로 켕가의 운명이었다. 그래서 켕가는 생각했다. 차라리 커다란 물고기의 입속으로 빨리 없어져버리는 것이 더 나으리라고.

검은 물결. 검은 역신.

켕가는 죽음의 종말을 기다리며 인간들을 원망했다. 그 외에 특별한 방법도 없었다.

"그렇다고 해서 모든 인간들을 다 싸잡아 욕해서는 안 되지. 그건 공정치 못한 처사야."

켕가는 힘없이 혼자서 뇌까렸다.

그는 은빛 날개로 하늘을 날며, 바다를 오염시키는 인간들의 모습을 자주 목격할 수 있었다. 이따금 정박 중인 대형 유조선들은 안개가 짙게 깔린 틈을 이용해서 탱크 속을 청소하기 위해 먼 바다로 나갔다. 그들은 독한 유해 물질 수천 리터를 바다에 내버렸다. 그러면 거기서 쏟아져 나온 이물질과 찌꺼기는 커다란 파도에 휩쓸려 바다 위를 둥둥 떠다녔다.

또한 무지개 색깔로 장식한 작은 선박들이 유조선에 가까이 다가가는 모습도 종종 보았다. 그 배에 탄 사람들은 유조선에서 탱크를 비우는 것을 끝까지 제지하려고 노력하였다. 그러나 이따금씩 유독성 기름이 바다를 독살시키는 것을 막아낼 수 있는 시간 안에 도착하지 못한 적도 있었다.

켕가는 힘없이 물 위에 앉아 이런저런 생각을 했다. 자신의 일생 중 가장 길고도 지루한 시간을 보내고 있었다. 그러다 문득 죽음의 공포에 떨면서 자문해 보았다. 혹시 죽음 중에서도 가장 두려운 모습의 죽음이 나를 기다리고 있는 것은 아닐까? 물고기 밥이 되는 것보다 더 끔찍하고, 질식의 고통보다 더 두려운 것은 바로 굶어 죽는 것이 아닐까? 그는 죽음이 천천히 다가오고 있다는 절망감에 사로잡혔다. 그래서 자신도 모르는 사이에 몸통 전체를 뒤흔들어댔다. 그 순간 깜짝 놀랐다. 기름에 젖은 날개가 몸에서 떨어진 것이다. 은빛 깃털은 검은 농축 물질로 흠뻑 젖어 있었지만 날개는 최소한 펼 수 있었다.

"내가 여기서 빠져나갈 가능성이 있을지도 모르겠는걸. 그래, 여기서 빠져나가서 높이, 아주 높이 나는 거야. 그러면 석유가 햇빛에 마를지 누가 알아?"

켕가는 한 가닥 희망을 찾은 듯 혼자 중얼거렸다.

문득 언젠가 들었던 얘기가 머릿속에 떠올랐다. 프리지아 섬의 늙은 갈매기에게서 들은 이야기였는데, 이카로스라는 사람에 대한 전설이었다. 그 사람의 꿈은 하늘 높이 훨훨 나는 것이었다. 그는 자신의 꿈을 실현하기 위해서 마침내 독수리 털로 날개를 만들었

다. 각고의 노력 끝에 결국은 태양 가까이 높이 날아올랐다. 그러나 그 사람은 이내 땅으로 곤두박질치고 말았다. 너무 높이 올라간 나머지 독수리 털을 붙여놓았던 촛농이 뜨거운 태양열에 녹아서 떨어지고 말았던 것이다.

켱가는 날아오르기 위해서 날개를 힘차게 펄럭였다. 다리를 오므린 채 약 두 뼘 정도 뛰어올랐으나, 곧 물 위로 내려앉고 말았다. 다시 한 번 시도하기로 마음먹었다. 그는 몸을 물속에 담그고 날개를 위아래로 여러 번 움직였다. 이번에는 떨어지기 전에 1미터 이상 날아오를 수 있었다. 그러나 키를 잡고 상승 조종을 할 수가 없었다. 몹쓸 놈의 기름 덩어리가 꼬리 밑동의 깃털까지 몸에 찰싹 달라붙게 만든 탓이다.

켱가는 한 번 더 물속으로 잠수했다. 그리고 자신의 주둥이로 꽁지깃을 쪼아댔다. 꽁지깃에 묻은 기름기를 없애기 위해서였다. 그는 털을 뽑는 고통조차 감내했다. 마침내 꽁지깃에 묻은 기름이 말끔히 닦였다.

켱가는 다섯 번 시도한 끝에 간신히 날 수 있었다. 그러나 방향을 마음대로 잡을 수가 없었다. 몸에 달라붙은 기름 덩어리의 무게 탓이었다. 절망적이었다. 하지만 날갯짓을 멈출 수는 없었다. 날갯짓을 한 번만 쉬더라도 곧바로 물속으로 떨어질 것이 뻔했기 때문이다. 다행스럽게도 켱가는 아직 젊었기 때문에 근육의 움직임에는 이상이 없었다.

이제 켕가는 어느 정도의 높이를 유지할 수 있게 되자 날개를 펄럭이지 않고 아래쪽을 내려다보았다. 해안선은 흰 선처럼 곧게 그어져 있었다. 바다에는 배 몇 척이 움직이고 있었는데, 파란색 천 위에 수놓아진 그림처럼 작게 보였다. 켕가는 고도를 더 높였다. 하지만 그가 바라던 햇살의 효과는 기대 이하였다. 아마도 햇살이 너무 약하던가 아니면 기름이 너무 두껍게 묻어 있던 탓이리라.

켕가는 머지않아 자신의 체력이 다할 것이라는 사실을 알고 있었다. 켕가는 내려가서 쉴 만한 곳을 찾기 위해 구불구불한 엘바 강의 녹색 선을 따라 내륙으로 비행했다.

그는 몸이 무거워지고 날개의 움직임이 갈수록 느려지는 것을 느꼈다. 점점 힘이 빠지고 있었다. 더 이상 높게 날 수도 없었다. 이제는 지금의 고도를 다시 회복할 수 없으리라는 절망감이 엄습했다. 하지만 켕가는 눈을 질끈 감고 마지막 힘을 다해 활갯짓을 했다. 얼마 동안이나 눈을 감고 있었는지 알 수 없었다. 켕가가 다시 눈을 떴을 때, 자신이 황금빛 첨탑 위를 날고 있다는 사실을 알았다.

"성 미카엘이다!"

켕가는 그것이 함부르크 성 미카엘 교회의 탑임을 한눈에 알아봤다.

그러나 켕가는 더 이상 날 수가 없었다.

# 켕가의 마지막 비행

　몸집이 큰 검은 고양이 소르바스는 따사로운 햇살을 받으며 발코니에서 일광욕을 즐기고 있었다. 꼬리를 축 늘어뜨리고, 벌렁 드러누워 배는 하늘을 보게 하고 네 발을 오므린 자세였다.

　고양이가 등에도 햇빛을 쬐려고 천천히 몸을 돌리려는 순간이었다. 정체를 알 수 없는 비행 물체가 윙윙 소리를 내며 전속력으로 자신에게 다가오며 떨어지는 것을 보았다. 그는 경계하며 벌떡 일어섰고, 발코니에 떨어지는 갈매기를 가까스로 피할 수 있었다.

　매우 더럽고 지저분한 갈매기였다. 몸통 전체가 검고 매캐한 냄새가 나는 물질로 흠뻑 젖어 있었다.

　소르바스는 갈매기에게 가까이 다가갔다. 갈매기는 날개를 접으며 몸을 일으키려고 애쓰고 있었다.

　"그다지 우아한 착륙은 아니군."

　소르바스가 점잖게 말했다.

"미안해. 어쩔 수가 없었어."

갈매기도 소르바스의 말을 인정했다.

"보아하니 몰골이 꽤나 엉망진창이군. 온몸에 묻은 게 뭐니? 악취가 심한데!"

소르바스가 걱정스러운 듯 중얼거렸다.

"검은 파도에 휩쓸렸어. 바다의 재앙 덩어리 말야. 나는 곧 죽게 될 거야."

갈매기가 처량하게 읊조렸다.

"죽는다고? 그런 소리 마. 너는 단지 피곤하고 약간 지저분할 뿐이야. 그게 전부야. 그런데 이왕이면 동물원으로 날아가는 게 어떻겠니? 동물원은 여기서 그리 멀지도 않아. 거긴 너를 도와줄 수의사들도 많아."

소르바스가 말했다.

"그럴 수가 없어. 이게 내 생애 마지막 비행이었어."

갈매기는 거의 들리지도 않을 만큼 가느다란 목소리로 말하면서 눈을 지그시 감았다.

"너는 죽지 않을 거야! 잠깐 쉬고 나면 금방 회복될 거야. 배고프지? 기다려. 내가 먹을 것 좀 가져올 테니까, 죽으면 안 돼."

소르바스는 탈진해서 축 늘어진 갈매기에게 다가가면서 애원하듯 말했다. 그리고는 갈매기의 머리를 열심히 핥아주었다. 갈매기의 머리를 뒤덮고 있는 그 물질의 맛은 지독했다. 고양이의 혀가 갈

매기의 목 부근을 지나칠 때, 고양이는 갈매기의 호흡이 점점 약해지는 것을 느낄 수 있었다.

"이봐, 난 널 돕고 싶어. 하지만 방법을 모르겠거든. 병든 갈매기를 어떻게 치료하는지 알아보고 올 테니까, 그 동안 푹 쉬고 있어."

소르바스는 이렇게 부탁하고 재빨리 기와지붕으로 올라갔다.

소르바스가 밤나무 쪽으로 갈 때였다. 갈매기가 소르바스를 불렀다.

"왜? 뭘 좀 먹고 싶어서?"

소르바스가 지레짐작으로 물었다.

"나는 곧 알을 낳아야겠어……. 마지막 남은 힘을 다해서 알을 낳고 말 거야……. 친구, 넌 참 착하고 고상한 고양이 같아. 그래서 하는 말인데……. 내게 세 가지를 약속해 줬으면 해. 약속할 수 있겠어?"

갈매기는 몸을 일으키려고 안간힘을 쓰면서 말을 이었다.

소르바스는 갈매기가 정신이 없어서 헛소리를 늘어놓고 있다고 짐작했다. 그런 비참한 상태에 놓인 새에게는 자신도 어느 정도 관대해질 수 있으리라고 생각했다.

"네가 원하는 대로 해줄게. 무엇이든 지키겠다고 약속하지."

소르바스는 다정다감하게 말했다.

"나는 쉴 시간이 없어. 우선 알을 먹지 않겠다고 약속해줘."

갈매기가 살포시 눈을 뜨며 말했다.

"그래, 알을 먹지 않겠다고 약속하지."

소르바스가 되뇌었다.

"새끼가 태어날 때까지 알을 보호해 주겠다고 약속해줘."

갈매기가 가까스로 목덜미를 들어올리며 말했다.

"새끼가 태어날 때까지 그 알을 보호해줄게."

"마지막으로, 새끼에게 나는 법을 가르쳐준다고 약속해줘."

갈매기는 고양이의 두 눈을 똑바로 쳐다보면서 말했다. 그러자 소르바스는 이 불쌍한 갈매기가 단지 헛소리를 하는 것이 아니라, 완전히 미쳤다고 생각했다.

"그래, 내가 나는 법을 가르쳐줄 것을 약속할게. 그러니 이제 좀 쉬어, 내가 도움을 청하러 갔다 올게."

소르바스는 다시 지붕 위로 뛰어올라가면서 말했다.

켕가는 하늘을 쳐다보았다. 그리고 지금까지 자신과 늘 함께했던 좋은 바람들에게 고마운 마음을 전했다.

마침내 켕가가 마지막 숨을 내뱉었다. 바로 그때, 파란 얼룩무늬의 하얀 알 하나가 석유로 흠뻑 젖은 켕가의 몸에서 굴러떨어졌다.

# 나이를 알 수 없는 고양이 꼴로네요

소르바스는 밤나무 가지에서 재빨리 내려왔다. 그리고 얼씬거리는 개들의 눈에 띄지 않게 서둘러 안마당을 지나 거리로 나왔다. 자동차가 오지 않는 것을 확인하곤 얼른 길을 건넜다. 그리고 이탈리아 식당 '꾸네오'를 향해 냅다 뛰었다.

쿵쿵거리며 길거리의 쓰레기통을 뒤지고 있던 고양이 두 마리가 마침 자신들 곁을 지나가는 소르바스를 발견했다.

"어이, 친구! 방금 지나간 것 자네도 봤나?"

그중 한 마리가 빈정거리며 말했다.

"그럼! 얼마나 새까맣던지. 기름때 덩어리라기보다는 오히려 콜타르 덩어리라고 부르는 게 더 낫겠군. 어이, 콜타르 덩어리, 어디 가니?"

다른 한 마리가 물었다.

물론 소르바스는 갈매기에 대한 걱정으로 딴생각할 겨를이 없었다. 그렇다고 해서 이 건달 고양이 두 놈이 시비 거는 것을 모른 척하고 그냥 지나칠 수는 없었다. 소르바스는 가던 길을 멈추고, 등을 곧추세우는가 싶더니 잽싸게 쓰레기통 위로 뛰어올랐다.

소르바스는 앞발 한쪽을 천천히 쭉 폈다. 그리고 성냥개비 길이만 한 긴 발톱을 뽑아내어 그 도발자들의 얼굴 가까이 들이밀었다.

"어때, 이게 맘에 드니? 아직 이런 게 아홉 개는 더 있지. 네 척추에 매운맛 좀 보여줄까?"

소르바스는 매우 침착하게 위협했다.

고양이들은 눈앞에 나타난 날카롭고 긴 발톱을 보고서 침을 꿀꺽 삼켰다.

"아, 아니에요. 오늘 날씨 참 좋네요! 그렇죠?"

고양이 한 마리가 발톱에서 눈을 떼지 못한 채 얼버무렸다.

"그럼 너는? 무슨 할 말이라도 있나?"

소르바스는 다른 고양이를 질책했다.

"제가 할 말이라곤, 날씨가 조금 쌀쌀하긴 하지만, 산책하기에는 아주 쾌적한 날씨라는 거죠."

소르바스는 이 정도에서 사건을 대충 마무리하고 길을 재촉했다. 드디어 식당 문 앞에 도착했다. 안에는 점심 손님을 받기 위해 웨이터들이 테이블을 정리하고 있었다. 소르바스는 야옹 소리를 세 번 내서 신호를 보내고 계단 층계에 앉아서 기다렸다. 얼마 지나지 않아 세끄레따리오가 그의 앞으로 다가왔다. 로마 출신인 세끄

레따리오는 아주 깡마른 고양이였다. 그의 코 양쪽에는 하나씩 겨우 두 가닥의 콧수염만이 달려 있었다.

"미안합니다만, 예약을 안 하신 손님은 모실 수가 없습니다. 이미 만원입니다."

세끄레따리오가 인사말을 건넸다. 그리고 이어서 무슨 말인가 하려고 했지만, 소르바스가 말을 끊었다.

"꼴로네요와 얘기했으면 합니다. 매우 급한 일입니다."

"급하다고! 항상 급한 일이로군! 어떻게 할지 생각해봐야겠지만, 위급한 일이라니 할 수 없군."

세끄레따리오는 이렇게 말하고 식당 안으로 들어갔다.

꼴로네요는 나이를 알 수 없는 고양이였다. 어떤 고양이들은 식당 문을 연 햇수와 똑같은 나이라고 하고, 또 다른 고양이들은 그보다 훨씬 더 나이를 먹었다고 했다. 그러나 꼴로네요의 나이는 전혀 중요하지 않았다. 왜냐하면 그는 곤경에 처한 많은 고양이들에게 조언을 해주는 탁월한 능력을 갖고 있었기 때문이다. 비록 그의 조언이 어떤 문제를 꼭 해결하지는 못했다 할지라도 최소한 기운을 북돋워 주는 역할은 했다. 꼴로네요는 비록 늙었지만, 아직도 항구의 모든 고양이들 사이에서는 상당한 권위를 지닌 존재였다.

잠시 후, 세끄레따리오가 돌아왔다.

"나를 따라와. 꼴로네요 씨가 예외적으로 너를 만나주겠대."

소르바스는 세끄레따리오의 뒤를 따랐다. 탁자와 부엌 의자들 밑을 지나 창고 문에 이르자, 문 안쪽으로 나 있는 계단 층계를 뛰어 내려갔다.

"에이, 제기랄! 하필이면 이 집에서 가장 좋은 샴페인 코르크를 갉아먹어버리다니."

꼴로네요는 꼬리를 바짝 세우고 샴페인 병 코르크들을 검사하고 있었다.

"오, 소르바스! 카로 아미코(친애하는 친구여)."

소르바스를 알아본 꼴로네요는 늘 그랬듯이 이탈리아어로 인사를 했다.

"바쁘실 텐데 귀찮게 해드려 죄송합니다만, 심각한 문제가 생겨서 당신의 조언이 필요합니다."

소르바스가 용건을 말했다.

"무엇이든지 도와주겠네. 카로 아미코, 세끄레따리오! 우선 이 친구에게 오전에 먹었던 '라자냐 알 포르노'(오븐에 구운 라자냐 요리. 이탈리아 파스타의 일종)를 좀 대접하게나."

꼴로네요가 명령조로 얘기했다.

"그거 혼자 다 먹어버리고선 무슨 말씀이세요. 저는 맛은커녕 냄새도 못 맡았어요!"

세끄레따리오가 불만 섞인 목소리로 투덜댔다.

소르바스는 배고프지는 않았지만 잊지 않고 감사의 뜻을 표했다. 그리고 곧바로 그간의 사정을 설명했다. 갈매기의 불시착과 가련한 그의 상태, 그리고 어쩔 수 없이 하게 된 약속들에 대해서. 노인 고양이는 조용히 그의 말을 듣고 나서, 긴 콧수염을 쓸어내리면서 깊은 생각에 잠겼다. 마침내 중대 결심을 한 듯 힘차게 말을 꺼냈다.

"포르카 미세리아!(이런 가엾고 비참한 일이 있나!) 그 불쌍한 갈매기가 다시 날 수 있게 도와줘야겠군."

"그래요. 그런데 어떻게 말입니까?"

소르바스가 물었다.

"가장 좋은 방법은 사벨로또도에게 상의하는 겁니다."

세끄레따리오가 의견을 제시했다.

"그것이 바로 내가 하고 싶었던 말일세. 그런데 이 친구, 왜 남의 말을 가로채는 거야?"

꼴로네요가 항의했다.

"그래, 그것 참 좋은 생각이네요. 당장 사벨로또도를 만나러 가겠어요."

소르바스가 일어서며 서둘렀다.

"그러지 말고, 우리 모두 같이 가지. 이 항구에서는 고양이 한 마리의 문제가 곧 항구 고양이 전체의 문제니까."

꼴로네요가 근엄하게 말했다.

고양이 세 마리는 창고를 나왔다. 그들은 항구 앞에 나란히 늘어선 집들의 안마당을 요리조리 빠져 나오며 힘껏 달렸다. 사벨로또도의 집을 향해서.

# 항구의 이상한 집, 하리 전시장

　사벨로또도는 참으로 말로 표현하기 어려운 곳에 살고 있었다. 처음 보기에는 진기한 물건을 파는 무질서한 상점 같기도 했고, 불법 박물관 혹은 쓸모없는 기계들을 모아놓은 창고, 아니면 세상에서 가장 혼란스런 책들이 쌓여 있는 도서관 같기도 했다. 또는 이름 붙이기조차 어려운 도구들을 발명한 어떤 발명가의 실험실 같기도 했다. 그러나 그중 어느 것도 아니었다. 더 자세히 말하자면, 그 어떤 것보다도 더 한, 이상한 곳이었다.
　이름하여 '항구의 하리 전시장'.
　'크고 늙은 바다 늑대'라는 별명의 그곳 주인인 하리는 50년 동안 7대양을 항해한 인물이다. 그는 항해하는 동안 수백 개의 항구에서 다양한 종류의 물건들을 수집하는 데 열정을 쏟았다. 그 노인네는 나이가 들자, 항해자의 삶에서 육지에 사는 뱃사람의 삶으로 돌아가려고 결심했다. 그래서 정한 거주지가 바로 지금의 그곳이었다.

그리고 그곳에다 평생 동안 모아온 여러 수집품들로 전시장을 연 것이다.

처음에는 항구의 길 한곳에 있는 3층짜리 집을 임대했다. 그러나 얼마 지나지 않아, 진기한 수집품들을 전시하기에는 그 집이 너무 좁다는 사실을 깨달았다. 그래서 그 옆에 있는 2층짜리 집을 빌렸지만 그 역시 충분하지 않았다. 결국 그는 세 번째 집을 임대하고 나서야 모든 소장품들을 종류와 특성에 따라 배치할 수 있었다.

세 집은 좁은 계단과 통로들로 연결되어 있었다. 세 집에 전시된 물건들을 모두 합하면 약 100만 점은 충분히 될 만했다. 그중에서 다음의 물건들이 특히 눈에 띄었다.

바람에 날리지 않도록 유연한 챙을 지닌 모자 7,200점, 세계 일주가 가능할 정도로 강력한 힘을 가진 선박들의 방향키 160점, 극심한 안개와 끝까지 싸우며 버텼던 안개등 245점, 화를 잘 내는 선장들 손에 두들겨 맞으며 괴롭힘을 당하던 무선전신기 12점, 절대로 북쪽의 자성을 잃지 않았던 나침반 256점, 실물 크기의 목각 코끼리 6점, 대초원을 관조하는 모습의 기린 박제 2점, 노르웨이 출신 탐험가의 잘린 오른손을 배 속에 넣은 채로 박제가 된 북극곰 1점, 늘 돌 때마다 열대지방 일몰 무렵의 시원한 바람을 떠올리게 하는 선풍기 700점, 최상의 수면을 보장해주는 삼베로 짠 그물 그네 1,200점, 오직 사랑 이야기만을 전했던 수마트라의 꼭두각시 인형 1,300점, 항상 행복한 정경을 보여주던 슬라이드 환등기 123점,

47개의 언어로 된 소설 5만 4,000권, 2점의 에펠탑 복제 모형(그중 하나는 재단용 핀 50만 개로 만든 것이고, 또 하나는 이쑤시개 30만 개로 만든 것이다), 영국 해적선의 대포 3점, 북해 해저에서 발견된 닻 17점, 일몰 사진 2,000점, 유명 작가들이 소유했던 타자기 17점, 신장 2미터가 넘는 성인 남자용 플란넬 천 속내의 128점, 난쟁이용 연미복 7점, 남십자성을 집요하게 가리키고 있는 천체관측기 1점, 해포석 海泡石으로 만든 파이프 500점, 불가사의하게 발생한 조난의 소리를 멀리서도 들려주던 대형 달팽이 7점, 12킬로미터에 달하는 붉은 비단, 잠수정 해치 2점, 그 외에도 이름을 일일이 늘어놓기 어려운 다양한 물건들이 많이 있었다.

그 전시장을 방문하기 위해서는 입장료를 내야 했다. 안으로 들어가면 창문 없는 방들과 긴 복도 그리고 좁은 계단들로 이루어진 미로 그 자체였다. 그 속에서 길을 잃지 않기 위해서는 대단한 방향 감각이 필요했다.

하리는 마스코트 두 개를 가지고 있었다. 그중 하나는 침팬지 마띠아스였다. 마띠아스는 매표를 하면서 안전을 담당했고, 가끔씩 나이 많은 뱃사람들과 체스를 두었다. 물론 썩 잘 두지는 못했다. 침팬지는 맥주를 즐겨 마셨고, 항상 거스름돈을 적게 주려고 했다. 또 다른 마스코트는 사벨로또도였다. 작고 바싹 마른 회색 고양이인데, 대부분의 시간을 그곳에 있는 수천 권의 책들을 연구하는 데 할애했다.

꼴로네요, 세끄레따리오, 소르바스는 꼬리를 바짝 세우고 전시장으로 들어갔다. 그들은 매표소 뒤에 있던 하리를 보지 못한 것을 못내 아쉬워했다. 그 노인네는 그들을 볼 때마다 항상 애정 어린 말을 해주고, 소시지도 종종 주었기 때문이다.

"어이, 벼룩 덩어리들, 잠깐만! 입장료를 내야지."

마띠아스가 목에 힘주며 말했다.

"언제부터 고양이에게도 돈을 받았나?"

세끄레따리오가 웃기지도 않는다는 투로 항의했다.

"이봐, 안 보여? 안내문을 잘 봐. '입장료, 2마르크'라고 써 있잖아. 고양이는 무료라는 말은 어디를 봐도 없지. 입장료 8마르크를 내던가, 아니면 나가주게나."

침팬지가 힘차게 소리쳤다.

"어이, 원숭이 양반, 당신 산수 실력 형편없구먼!"

세끄레따리오가 나섰다.

"그게 바로 내가 하고픈 말이야. 이 친구, 또 내가 할 말을 가로챘군."

꼴로네요가 투덜댔다.

그 순간 누군가 매표소 저쪽에서 불쑥 뛰어올랐다. 소르바스였다. 그는 침팬지의 눈을 뚫어져라 응시했다. 마띠아스가 눈을 깜박거리고, 마침내 눈물을 머금을 때까지 계속해서 노려보았다.

"좋아. 사실은 6마르크야, 6마르크. 누구나 계산하다보면 실수도

하고 그러는 거지, 뭐."

마띠아스는 다소 기가 죽은 듯 의기소침하게 말을 바꿨다. 그러나 소르바스는 이야기를 듣는 둥 마는 둥 하고 계속해서 째려보더니, 급기야는 오른쪽 앞 발톱을 꺼내 들었다.

"마띠아스, 이 발톱을 무척 좋아하나 보구나? 이것 말고도 발톱이 9개나 더 있어. 항상 활짝 까고 다니는 그 시뻘건 엉덩이에 이게 박힌다고 생각해본 적 있니?"

소르바스는 매우 침착하게, 그러나 매우 강경한 어조로 협박했다.

"좋아, 이번만은 못 본 척해주지. 그러니까 어서 들어들 가시지."

침팬지는 짐짓 침착한 체하며 그들을 받아들였다.

고양이 세 마리는 당당하게 꼬리를 곧추세우고 전시장으로 들어갔다. 그리고 어느새 미로 같은 복잡한 복도에서 모습을 감춰버렸다.

# 만물박사 고양이, 사벨로또도

"큰일 났군! 큰일 났어! 어째 이런 일이 생겼지!"

사벨로또도는 그들이 도착하는 것을 보자, 안절부절못하며 중얼거렸다. 그는 초조해하며 바닥에 펼쳐진 커다란 책 앞을 지나다니는가 하면, 잠시 동안 앞발로 머리를 감싸고 있기도 했다. 그는 정말로 침통해 보였다.

"무슨 일이지?"

세끄레따리오가 조심스레 물었다

"그래, 내가 질문하려던 것이 바로 그건데. 보아하니 내가 할 말을 가로막는 게 취미인 모양이군."

꼴로네요가 세끄레따리오의 말을 맞받으면서 핀잔을 주었다.

"이봐, 그렇게 화낼 일은 아닌 것 같은데."

소르바스가 사벨로또도에게 넌지시 얘기했다.

"뭐라고! 그렇게 화낼 문제가 아니라고? 어째 이런 일이! 어째 이런 일이! 이 사악한 쥐새끼들이 지도 한 페이지 전체를 다 뜯어 먹어버렸단 말야. 마다가스카르의 지도가 없어졌다니까. 큰일났군!"

사벨로또도가 콧수염을 휘날리며 열을 올렸다.

"세끄레따리오, 자네는 이 마다카스…… 마다가르…… 에이, 아무려면 어때. 어쨌든 그것을 먹어치운 놈들을 직접 소탕해야겠어. 그러니 추적 조를 편성해야 할 걸세. 이 점을 잊지 말고 내게 상기시켜 주게나. 내 말 알아듣겠지."

꼴로네요가 세끄레따리오에게 지시했다.

"마다가스카르입니다."

세끄레따리오가 정확하게 지적했다.

"됐어, 아무렴 어때. 그런데 자네는 계속해서 내가 할 말을 가로채고 있군. 이런 정신 나간 친구 같으니라고!"

꼴로네요가 역정을 냈다.

"사벨로또도, 우리가 자네를 도와주겠네. 그러나 지금 우리가 여기 온 것은 아주 시급한 문제 때문이야. 우린 자네 도움이 필요하네. 아마 자네는 우리를 도와줄 수 있을 거야."

소르바스가 주위를 환기시키며 용건을 꺼냈다. 그리고 곧이어 불쌍한 처지에 놓인 갈매기에 대해 이야기했다.

사벨로또도는 소르바스의 이야기를 주의 깊게 들었다. 마침내 사벨로또도는 고개를 끄덕이며 동감을 표시했다. 그는 소르바스의 얘기에 동감할 때면 꼬리의 움직임이 유난히 예민해졌다. 자신의 감정을 꼬리의 움직임으로 표현하는 것은 그만의 습관이었다. 그래서 어떤 때는 자신의 꼬리를 뒷다리 아래 깊이 감추려고 애쓰기도 했다.

"……그렇게 갈매기를 놔뒀지. 상태가 매우 안 좋아. 방금 전 일이야……."

소르바스가 안타까운 표정으로 말을 맺었다.

"끔찍한 이야기로군! 엄청나! 자, 나도 생각 좀 해봐야겠군. 갈매기…… 기름…… 기름 덩어리…… 갈매기…… 병든 갈매기……. 그래, 맞았어, 바로 그거야! 백과사전을 찾아보는 거야!"

사벨로또도는 크게 기뻐하면서 소리쳤다.

"뭐라고?!"

고양이 세 마리는 서로의 얼굴을 쳐다보며 소리쳤다.

"백 · 과 · 사 · 전."

사벨로또도는 한 자 한 자 끊어서 알아듣기 쉽게 대답했다.

"없는 것이 없는 지식의 책이지. 우선 'ㄱ'과 'ㅅ'이 들어 있는 1권과 10권을 찾아봐야겠군."

사벨로또도는 결심이 선 듯 확신에 찬 표정이었다.

"그럼 그 '백과사진'인가 '백구사진'인가 하는 그것 좀 들여다보세. 에헴!"

꼴로네요가 점잖게 제안했다.

"백 · 과 · 사 · 전."

세끄레따리오가 또박또박, 천천히 중얼거리며 정정했다.

"내가 얘기하려고 했던 게 바로 그거라니까. 자네는 내가 할 말을 빼앗지 못해 안달한다는 사실을 또 한 번 보여주는군."

꼴로네요가 겸연쩍어하며 불평했다.

서재에는 두꺼운 책들이 나란히 정렬되어 있었다. 매우 위압적인 분위기였다. 사벨로또도는 커다란 책장 위로 기어올라갔다. 그리고 옆면에 'ㄱ'과 'ㅅ'이라고 써 있는 책을 찾아내서 밑으로 떨어뜨렸다. 그리고 곧바로 내려와서 페이지를 넘겨가며 훑어보았다. 그의 발톱은 너무 많은 책장들을 넘긴 탓에 다 닳아 없어졌고, 남은 발톱만이 짧게 드러날 뿐이었다. 사벨로또도는 들릴 듯 말 듯한 이상한 소리를 계속해서 중얼대고 있었다. 다른 고양이들은 꽤나 존경하는 눈빛으로 조용히 그 모습을 지켜보고 있었다.

"그래, 맞았어. 우리가 제대로 찾았어. 거, 참 재미있는데. 가매기, 갈무기, 새매. 야, 정말 재미있다! 어이, 친구들, 들어보게. 이제 보니 '새매'는 참 무서운 새군, 겁나는데! 가장 잔인한 맹금류 중의 하나야. 참으로 끔찍해!"

사벨로또도가 흥분해서 소리쳤다.

"새매에 대한 설명은 흥미 없어. 우리가 여기 있는 건 갈매기 때문이라니까."

세끄레따리오가 말을 끊었다.

"이봐, 세끄레따리오, 이제 내가 할 말을 그만 좀 빼앗아갈 수 없

겠나? 이젠 그 정도의 아량은 베풀 때가 됐잖아?"

꼴로네요가 또다시 분을 참지 못해 투덜거렸다.

"미안, 미안. 나한테 백과사전은 전부지. 이것만 보면 나도 모르게 흥분한다니까. 백과사전을 넘길 때마다 나는 그 어떤 새로운 것을 배우곤 해."

사벨로또도는 미안하다고 거듭 사과를 하고, 찾고자 했던 단어를 뒤적이며 계속해서 책장을 넘겼다.

그러나 백과사전에 나와 있는 '갈매기'에 대한 내용은 그들에게 큰 도움이 되지 못했다. 그들이 그토록 걱정하고 안쓰러워하는 '갈매기'는 은빛 조수과에 속하며, 이는 깃털이 은빛이라는 이유 때문이라는 사실 정도였다. 그 정도는 고양이들 모두가 잘 알고 있는 사실이었다. 게다가 사벨로또도의 장광설은 1970년대의 원유 전쟁에까지 이르고 말았다. 모든 고양이들은 어쩔 도리가 없어서 끝까지 그 얘기를 들어주며 참아야 했다. 그런데도 원유와 기름에 관한 그 어떤 사항들도 갈매기를 어떻게 도울까 하는 문제에는 전혀 도움이 되지 못했다.

"이런 고슴도치 가시바늘 같은 경우가 있나! 다시 원점으로 돌아왔군."

소르바스가 실망한 표정으로 중얼거렸다.

"이럴 수가! 어째 이런 일이! 백과사전이 나를 속이다니! 처음 있는 일이야."

사벨로또도가 비통한 마음으로 실패를 인정했다.

"그렇다면 이 백사과…… 아니, 백과자전…… 오곡백과…… 에라, 모르겠다. 아무튼 내가 말하려는 게 뭔지는 잘 알겠지. 그렇다면 그 기름 덩어리를 갈매기 몸에서 없앨 수 있는 방법에 대한 구체적인 조언은 없는 건가?"

꼴로네요가 허탈하게 물었다.

"그래, 그거 참 좋은 생각이군! 기가 막힌 생각이야! 진작 그 단어부터 찾았어야 했는데! 지금 당장 자네들에게 12권을 가져다주지. '얼룩 빼기'의 'ㅇ'자로 시작되는 부분이야."

사벨로또도는 다시 한 번 책장 사이를 이리저리 뛰어다녔고 기쁨에 겨워 환호성까지 질러댔다.

"잘 봤지? 만일 네가, 내 말을 중간에서 가로채는 못된 버릇을 진작 고쳤다면 우리가 어떻게 해야 했는지를 벌써 알았을 거라고."

꼴로네요가 조용히 있는 세끄레따리오를 바라보고 젠체하며 말했다.

고양이들은 마침내 '얼룩 빼기'라는 단어가 들어 있는 페이지를 찾았다. 그곳에는 잼, 잉크, 피와 딸기 시럽 등을 제거하는 방법뿐 아니라 기름 얼룩을 지우는 방법까지도 나와 있었다.

"……천에 벤진을 묻혀서 얼룩이 진 부분을 닦아낸다……. 그래, 이거야. 바로 이거라고!" 사벨로또도가 큰 소리로 외쳤다.

"그런데, 우리가 가진 건 아무것도 없잖아. 그 망할 놈의 벤진을 어디서 구한다지?"

소르바스는 기분이 꽤나 언짢은 투로 투덜댔다.

"음…… 내 기억이 정확하다면, 아마 식당 지하에 있는 깡통에 벤진이 묻은 붓들이 들어 있을 거야."

꼴로네요가 기억을 더듬었다.

"잠깐, 미안하지만, 무슨 말인지 이해가 잘 안 돼. 그래서 어떡하자는 거야."

세끄레따리오가 말했다.

"거야, 아주 간단하지. 자네가 꼬리에 벤진을 잔뜩 묻혀서 오는 거야. 그러면 우리는 그 벤진을 가지고 불쌍한 갈매기를 도우러 간다는 거지. 이제 알겠나?"

꼴로네요는 다른 곳을 쳐다보면서 세끄레따리오에게 지시했다.

"안 돼! 그건 곤란해! 절대로 안 돼!"

세끄레따리오가 결사적으로 항의했다.

"그래, 그렇다면…… 오늘 저녁 메뉴가 뭐더라. 그렇지! 간에 크림 수프를 얹은 요리지. 그것도 곱빼기로 만들 생각이라는 걸 상기시켜 줘야겠군."

꼴로네요가 혼잣말을 하듯이 중얼거렸다.

"꼬리를 벤진에 담근다! ……크림 수프 얹은 간 요리라고요?"

세끄레따리오는 얼른 답이 떠오르지 않는 듯 한참을 고민하면서 중얼거리더니 마침내 결심했다.

"그래, 내가 가지, 까짓것……."

사벨로또도도 그들을 따라가기로 결심했다.

그리하여 고양이 네 마리는 하리 전시장의 출구까지 빠져나왔다.

이미 맥주를 한잔 걸친 침팬지는 지나가는 고양이들을 향해 늘어지게 하품을 해댔다.

# 변하지 않는 약속

고양이들은 지붕에서 발코니로 내려왔다. 그러나 그들은 자신들이 너무 늦게 도착했다는 사실을 깨달았다. 갈매기는 이미 숨져 있었다. 꼴로네요와 사벨로또도, 소르바스는 갈매기의 시신을 침통하게 바라보았다. 그 사이에 세끄레따리오는 몸에 묻은 벤진 냄새를 훌훌 털어내기 위해 꼬리를 바람에 흩날리고 있었다.

"이런 경우에 우리가 할 수 있는 일이라곤 딱 한 가지지. 갈매기의 날개를 꼭 접어주는 거야."

꼴로네요가 지적했다.

석유가 잔뜩 묻은 갈매기의 몸에서는 역겨운 냄새가 심하게 났다. 고양이들은 그 역겨움을 참아내면서 갈매기의 날개를 몸에 바싹 붙여주려고 몸을 움직거렸다. 그런데 날개를 막 움직이려는 찰나, 고양이들은 푸르스름한 점무늬가 입혀진 하얀 알 한 개가 갈매기의 시신 밑에 깔려 있는 것을 발견했다.

"알이다! 마침내 알을 낳았구나!"

소르바스가 놀란 표정으로 흥분해서 외쳤다.

"일이 꼬이는군, 카로 아미코. 이제 골치 꽤나 아프겠는걸!"

꼴로네요가 안됐다는 투로 쳐다보았다.

"이제 이 알을 어떻게 한다지?"

소르바스는 몹시 당혹스러웠다.

"그 알로 많은 것들을 만들 수 있지. 예를 들자면 또르띠야(스페인 전통 요리로 일종의 케이크 혹은 오믈렛)라든지…….."

세그레따리오가 제안했다.

"오, 그래! 백과사전을 찾아보면 가장 훌륭한 또르띠야를 어떻게 만드는지 알 수 있을 거야. 그 문제는 제5권의 'ㄸ'에서 찾으면 되지."

사벨로또도가 장단을 맞췄다.

"말도 안 되는 소리! 소르바스는 이 불쌍한 갈매기에게 알을 보호해주겠다고 약속했단 말이야. 너희들도 잘 알잖아. 부두 고양이 한 마리가 한 약속은 항구 고양이 전체와 관계 있는 일이라는 사실을. 그러니까 이 알에는 손대면 안 돼. 절대로 안 돼!"

꼴로네요가 정색을 하며 엄숙하게 선언했다.

"그러나, 이 알을 어떻게 보호해야 하지? 우리는 그걸 모른단 말이야! 여태 한 번도 알을 보호해본 적이 없단 말이야!"

소르바스는 절망스러웠다.

바로 이때였다. 모든 고양이들이 약속이라도 한 듯 일제히 사벨로또도를 쳐다보았다. 아마도 그 유명한 '백 · 과 · 사 · 전'에는 그에 관한 어떤 내용이 들어 있으리라.

"그렇다면 'ㅇ'이 들어 있는 제12권을 찾아봐야겠군. 틀림없이 우리가 '알'에 대해 알아야 할 사항들이 그곳에 적혀 있을 거야. 그러나 지금 이 순간 당장 필요한 것은 온기…… 체온…… 그래, 따뜻한 체온이야!"

사벨로또도가 유식한 척 학자 티를 내며 지시했다.

"그러니까 네 말은 알에 바싹 붙어 있으란 말이지. 대신 알을 깨지는 말고."

옆에 있던 세끄레따리오가 사벨로또도의 말을 거들었다.

"그 말이 바로 내가 제안하려던 걸세. 소르바스, 알에 바싹 붙어 있어. 우리는 사벨로또도와 함께 가서 그 '백구사전'…… '박사사전'…… 아무튼 거기에 어떻게 쓰여 있나 살펴볼게. 내 말 알아듣겠지. 우리들은 새로운 사실을 알아 가지고 밤에 다시 돌아올게. 그때, 이 불쌍한 갈매기를 같이 묻어주자고."

꼴로네요가 그렇게 일러두고 지붕으로 뛰어올라가자 사벨로또도와 세끄레따리오가 그의 뒤를 따랐다.

소르바스만이 알과 죽은 갈매기와 함께 발코니에 남게 되었다. 그는 바닥에 발랑 드러누웠다. 그리고 갈매기 알을 배 가까이 가져와서 가슴에 따뜻하게 품었다. 그러자 갑자기 그런 자신이 우스꽝

스럽게 느껴졌다. 만일 이런 모습을 오전에 만났던 불량배 고양이 두 마리가 보기라도 한다면 어떤 반응을 보일까. 얼마나 심한 야유와 조롱을 퍼부을까 하고 생각해보았다.

그러나 약속은 약속이다. 약속은 지켜야 한다.

소르바스는 따뜻한 햇살을 받으면서 푸르스름한 점무늬가 덮인 하얀 알을 검은 배 쪽으로 바싹 끌어안았다. 그리고 어느새 스르르 잠이 들었다.

# 어느 슬픈 밤

　달빛이 흐르는 고요한 밤이었다. 세그레따리오, 사벨로또도, 꼴로네요, 소르바스, 그렇게 네 마리의 고양이는 밤나무 밑에 구덩이를 팠다. 바로 조금 전, 고양이들은 갈매기의 시체를 발코니에서 안쪽 마당으로 던졌고 곧바로 시체를 구멍에 넣고 흙으로 덮어주었다. 이 모든 행동은 사람들 눈에 띄지 않도록 신속하고 은밀하게 이루어졌다. 이어 진지한 어조의 꼴로네요 목소리가 흘러나왔다.

　"고양이 여러분! 오늘 밤 이 달빛 아래서 우리들은 이름조차 모르는 불쌍한 갈매기와 작별합니다. 우리가 사벨로또도의 지식 덕택으로 그 갈매기에 대해서 알 수 있었던 유일한 사실이 있습니다. 은빛 조수과에 속하며, 아마도 저 멀리서, 강과 바다가 만나는 저 먼 곳 어디에선가 왔을 거라는 사실입니다. 우리들이 이 갈매기에 대해 아는 것은 거의 없습니다. 그러나 중요한 것은 갈매기가 다 죽어 가는 모습으로 우리 동료 중 한 명인 소르바스의 집까지 도착했고, 소르바스를 전적으로 신뢰했다는 것입니다. 소르바스는 그 갈매기에게 약속했습니다. 갈매기가 죽어가면서 낳은 알과 그 알에서 부화할 갈매기 새끼를 안전하게 보호해주겠다고 약속한 겁니다. 그리고 여러분, 소르바스는 그 새끼 갈매기가 날 수 있게 가르쳐줄 것도 약속했습니다."

"비행술이라. 그렇다면 'ㅂ'으로 시작하는 제8권에 적혀 있겠군!"

사벨로또도의 중얼거림이 들렸다.

"그것은 바로 꼴로네요 씨가 말하려던 겁니다. 그의 말을 가로채지 맙시다."

세끄레따리오가 모처럼 으쓱대며 충고했다.

"음…… 참으로 지키기 어려운 약속들이군."

꼴로네요가 냉정하고 태평스럽게 한마디 던지더니, 이어서 다음과 같은 훈계조의 말을 꺼냈다.

"그러나 우리는 알고 있습니다. 항구의 고양이들은 항상 자신이 내뱉은 말에 대해서는 약속을 지킨다는 사실을. 따라서 본인은 우리 모두가 그 약속을 이행할 수 있게끔 몇 가지 사항을 지시하겠습니다. 우선 소르바스는 새끼가 부화할 때까지 그 알을 버리면 안 됩니다. 그리고 우리의 친구 사벨로또도는 그 '백구사전'…… '박사사전'…… 아무튼 그런 책들을 뒤져서 비행술과 관련된 모든 사실들을 찾아보세요. 그리고 인간들이 저지른 잘못 때문에 희생된 갈매

기에게는 마지막 작별을 고합시다. 우리 모두 달을 향해 목을 쭉 빼고서 항구 고양이들이 부르는 송가를 합창합시다."

고양이 네 마리는 오래된 밤나무 밑에서 구슬픈 기도를 올렸다. 곧이어 가까이 있던 다른 고양이들과 강 건너 저편에 있던 고양이들의 울음소리가 이에 합쳐졌다. 뿐만 아니라 개들의 울부짖음과 새장에 갇힌 카나리아들, 그리고 둥지에 있는 참새들이 구슬프게 우짖는 소리와 개구리들의 서글픈 울음소리, 심지어는 침팬지 마띠아스의 어울리지 않는 불협화음까지도 고양이들의 울음소리와 합쳐졌다.

함부르크에 있는 모든 집 안의 등불은 이미 꺼진 상태였다. 그날 밤 항구의 주민들은 밤새 궁금해했다. 함부르크의 동물들을 갑자기 사로잡아버린 저 이상한 슬픔의 정체가 무엇인지.

2

# 갈매기 알을 품은 고양이

　몸집이 큰 검은 고양이 소르바스가 알을 보호하면서 가슴에 품은 지도 꽤 여러 날이 지났다. 검은 고양이는 어쩌다가 자기 몸에서 몇 센티미터라도 알이 멀어져갈라치면 그의 털북숭이 다리로 알을 조심스럽게 끌어안았다. 그에게는 불편한 날들이 계속될 뿐이었다. 그래서 어떤 때는 이 모든 일들이 부질없는 짓이 아닌가 하는 회의도 들었다. 하얀 껍질에 푸른 반점이 있다고는 하지만, 어찌 보면 생명도 없고 깨지기 쉬운 돌 조각 같은 것에 불과한데, 그것을 이렇게 열심히 돌보고 있다니 하는 생각이 들기도 했다. 어떤 때는 너무 오랫동안 움직이질 못해서 몸에 경련이 일어났다.

　소르바스는 꼴로네요의 명령에 따라서 식사나 용변 보는 일 외에는 알의 곁을 떠나지 않았다. 그는 가끔씩 그 칼슘 껍데기 안에서 진짜로 갈매기 새끼가 자라고 있는지 확인하고 싶은 충동을 느꼈다. 그래서 양쪽 귀를 번갈아가며 알에다 대보기도 했다. 그렇지만

75

아무 소리도 들을 수 없었다. 때로는 강한 햇살이 내리쬐는 곳에 알을 놓고서 안을 들여다보려고 애를 쓰기도 했다. 그것도 역시 소용없긴 마찬가지였다. 푸른 반점이 나 있는 하얀 껍질은 너무 두꺼워 아무것도 들여다볼 수 없었다.

꼴로네요, 세끄레따리오, 사벨로또도는 알을 보기 위해 매일 밤 찾아왔다. 그리고는 꼴로네요가 말한, 이른바 '기대하던 진화'가 일어났는지 확인하려고 이리저리 살펴보았다. 그러나 알의 모양이 첫날과 다름없음을 발견하고는 곧장 대화의 주제를 바꾸었다.

사벨로또도는 깊은 실망에 빠지고 말았다. 그가 그렇게 믿고 있던 백과사전에 갈매기 알의 부화 기간이 정확하게 적혀 있지 않았기 때문이다. 그토록 두꺼운 책에서 그가 찾아낸 갈매기의 부화 기간은 17일에서 30일이라는 정도였다. 그것도 어미 갈매기의 종류에 따라서 기간이 달라진다는 것이었다. 그러니 몸집이 큰 검은 고양이가 알을 품는다는 것은 쉬운 일이 아니었다.

소르바스는 어느 날 아침에 일어났던 일을 잊을 수가 없었다. 집청소를 해주던 이웃집 사람이 마루에 털들이 나뒹구는 것을 보고는 청소기를 돌리려고 했던 것이다. 그래서 소르바스는 이웃집 사람이 오는 날 아침이면 갈매기 알을 발코니의 화분 사이에 숨겼다. 그리고는 잠시 동안이나마 자신을 위해서 용변기도 치워주고 통조림도 따주는 그 마음 착한 이웃집 사람에게 재롱을 떨며 서비스를 해주었다. 소르바스는 고맙다는 뜻으로 그의 양다리에 온몸을

비비며 문질러댔다. 그러면 이웃집 사람은 소르바스를 어루만지며 참 착한 고양이구나 하고 몇 번이고 머리를 쓰다듬어주었다.

그런데 어느 날 아침, 이웃집 사람이 마루와 거실을 청소기로 돌리고 나서는 이렇게 중얼거리는 것이었다.

"자, 이제는 발코니 청소를 해야겠는걸. 화분들 사이에 쓰레기가 너무 많아."

과일접시가 산산조각 나는 소리가 들린 것도 바로 그 순간이었다. 이웃집 사람은 놀라서 부엌까지 달려왔고, 부엌문에서부터 큰 소리를 질러댔다.

"소르바스, 너 미쳤니? 지금 무슨 짓을 저지른 거야! 지금 당장 여기서 꺼지지 못해, 이 바보 고양이야. 발바닥에 유리 조각이라도 박히면 어쩌려고 그래."

이런 모욕적인 말은 처음 듣는군! 소르바스는 꽤나 겸연쩍은 표정을 지으며 부엌에서 나왔다. 꼬리를 양다리 사이에 축 늘어뜨린 채 발코니까지 종종걸음으로 달려갔다.

갈매기 알을 침대 밑까지 굴리고 가는 것도 쉽지는 않았지만 어쨌든 성공했다. 소르바스는 거기서 이웃집 사람이 청소를 끝내고 돌아가기를 기다려야만 했다.

소르바스가 알을 품은 지 20일째 되던 날 오후였다. 소르바스는 잠이 들었기 때문에 알이 움직이는 것을 느끼지 못했다. 마침내 갈매기 알이 움직였다. 그러나 매우 천천히 움직였다. 마치 마룻바닥을 굴러가려는 듯 천천히.

  소르바스는 무엇 때문인지 배가 근질근질 가려워 잠에서 깼다. 그가 눈을 뜨는 순간, 깜짝 놀라서 펄쩍 뛰지 않을 수 없었다. 갈매기 알의 벌어진 틈새 사이로 노란 주둥이 같은 뾰족한 물체가 보였다 사라졌다 하는 것이었다.

  소르바스는 앞발로 알을 감싸 안았다. 그리고 갈매기 새끼가 주둥이로 구멍을 뚫는 모습을 신기한 눈으로 지켜보았다. 소르바스는 드디어 그 구멍으로 물기에 촉촉하게 젖어 있는 하얀색 갈매기 머리를 들여다볼 수 있었다.

  "엄마!"

  새끼 갈매기가 종알거렸다.

  소르바스는 당황하고 어리둥절한 채 듣고만 있었다. 그는 자기 피부 색깔이 검은색이라는 것을 알고 있었다. 그러나 감동하고 무안하기도 해서 자신의 피부색이 엷은 자줏빛으로 변하고 있다는 사실을 느꼈다.

# 엄마가 된 소르바스

"엄마! 엄마!"

알을 깨고 세상 밖으로 나온 아기 갈매기는 정신없이 떼를 썼다. 아기의 피부는 우유처럼 흰빛이었다. 듬성듬성 난 몇 가닥 되지 않는 깃털들은 짧고 가늘어 몸통의 절반 정도는 속살이 들여다보였다. 아기 갈매기는 벌써 걸음마를 하려고 뒤뚱거렸다. 그러다가 소르바스의 배 위로 맥없이 넘어졌다.

"엄마! 나, 배고파!"

아기 갈매기가 소르바스의 몸을 콕콕 쪼아대며 칭얼거렸다.

"대체 뭘 먹여야 하지?"

사벨로또도는 아기 갈매기의 먹이 문제에 대해 한마디도 하지 않았다. 그렇지만 소르바스는 갈매기들이 생선을 주로 먹는다는 사실을 알고 있었다. 그러나 무슨 수로 생선 조각을 구할 수 있단 말인가? 소르바스는 식당으로 달려갔다. 잠시 후 사과 하나를 굴려서 가져왔다.

아기 갈매기는 비틀거리는 두 다리로 몸을 지탱하고 상체를 일으켰다. 그리고 허겁지겁 서둘러서 사과 있는 쪽으로 오더니 노란색의 여린 부리로 사과 껍질을 쪼기 시작했다. 그러나 부리는 여려서 말랑말랑한 고무처럼 뒤로 말렸고 급기야는 '쿵' 하고 넘어졌다. 아기 갈매기는 뒤뚱거리면서 일어났지만 사과에 부딪혀서 다시 넘어지고 말았다.

"배고프단 말야!"

아기 갈매기는 화가 나서 악을 썼다.

"엄마! 배고파 죽겠어!"

소르바스는 몇 개밖에 남지 않은 감자 칩을 잘게 부수기 시작했다. 식구들이 전부 휴가를 갔으니 집에 먹을 것도 별로 없고, 참 큰일이군!

소르바스는 아기 갈매기가 태어나기 전에 그릇에 음식을 채워두지 않은 게 몹시 후회됐다. 먹을 것이라곤 아무것도 없었다. 아기 갈매기의 부리는 너무 여려서 감자를 쫄 때마다 부리가 휘어져 버렸다. 소르바스가 거의 포기하고 실망에 빠질 무렵이었다. 아기 갈매기도 새라는 사실이 소르바스의 뇌리를 스쳤고, 새들은 곤충이나 벌레들을 잡아먹는다는 생각도 동시에 떠올랐다.

소르바스는 발코니로 나왔다. 그리고 파리 한 마리가 그의 사정거리 안에 들어올 때까지 참으면서 끈질기게 기다렸다. 파리 한 마

리를 잡는 데는 그리 오랜 시간이 걸리지 않았다. 소르바스는 잡은 파리를 배고픈 아기 갈매기에게 주었다.

아기 갈매기는 파리를 보자마자 부리로 콕 쪼고서 눈을 지그시 감은 채로 꿀꺽 삼켜버렸다.

"아이, 맛있어라! 엄마, 더 줘! 엄마, 더 먹고 싶어!"

아기 갈매기가 안달하며 졸라댔다.

소르바스는 몸을 날려 발코니의 이쪽 끝에서 저쪽 끝까지 뛰어올랐다. 이번에는 파리 다섯 마리와 거미 한 마리를 잡았다. 바로 그때, 맞은편 집 지붕 위에서 불량한 고양이 두 마리의 낯익은 목소리가 들려왔다. 바로 얼마 전에 만났던 건달 고양이들이었다.

"어이, 저길 봐! 저 뚱뚱이가 리듬 체조를 하고 있군. 저 몸에 체조라니. 발레리나는 아무나 되는 줄 아나보지."

건달 고양이 한 마리가 빈정거렸다.

"에어로빅 연습을 하는 것 같은데. 저 뚱뚱이, 몸매 좀 보라지. 어이, 비곗덩어리 친구, 미인 대회에 출전하실 생각인가?"

다른 건달 고양이가 거들먹거렸다. 그 건달들은 비교적 안전한 거리인 마당 저편에서 마음놓고 낄낄대며 웃고 있었다.

소르바스는 마음 같아서는 지금이라도 당장 그들에게 달려가서 날카로운 발톱 맛을 보여주고 싶었다. 그러나 그러기에는 너무 멀리 떨어져 있다는 생각이 들었다. 그래서 소르바스는 잡은 곤충들을 들고 배고파하는 아기 갈매기에게로 그냥 돌아왔다.

아기 갈매기는 파리 다섯 마리를 마파람에 게 눈 감추듯 단숨에 먹어치웠다. 그러나 거미는 먹으려 들지를 않았다. 아기 갈매기는 이미 배가 불러서 하품을 크게 했다. 그리고 몸을 눕히더니 소르바스의 배에 바싹 기대면서 쓰러졌다.

"엄마, 나 졸려!"

"얘야, 미안하지만, 나는 네 엄마가 아니란다."

소르바스가 안쓰러운 표정으로 말했다.

"무슨 소리야. 우리 엄마잖아. 마음씨 좋은 우리 엄마 맞잖아."

아기 갈매기가 눈을 살포시 감으면서 대답했다.

잠시 후 꼴로네요, 세끄레따리오, 사벨로또도가 도착했다. 이미 아기 갈매기는 소르바스 곁에 바싹 달라붙은 채로 잠들어 있었다.

"축하하네! 아주 예쁜 아기 갈매기로군. 태어났을 때 몸무게가 얼마였지?"

사벨로또도가 물었다.

"지금 그걸 질문이라고 하나? 나는 이 애의 엄마가 아니야!"

소르바스가 시큰둥하게 대답했다.

"그건 이런 경우에 의례적으로 하는 질문이야. 그러니 오해하지 말게. 그 아기, 참 예쁘지 않은가?"

꼴로네요가 물었다.

"어째 이런 일이! 어째 이런 일이!"

사벨로또도가 앞발을 입에 갖다대면서 소리쳤다.

"아니, 뭐가 어쨌다고 그렇게 야단법석이야?"

꼴로네요가 궁금해서 물었다.

"아기 갈매기가 먹을 게 아무것도 없잖아. 어째 이런 일이! 어째 이런 일이!"

사벨로또도가 또다시 외쳤다.

"그건 그래, 자네 말이 옳아. 사실 먹이가 없어서 파리 몇 마리를 잡아줬는데, 아마 조금 있으면 먹을 걸 또 찾을걸."

소르바스는 그제야 정신을 차리고 얘기했다.

"세끄레따리오, 뭘 꾸물대고 있어?"

꼴로네요가 다그쳤다.

"미안하지만, 전 이제 그만하겠어요."

세끄레따리오가 정중하게 거절했다.

"지금 당장 식당으로 가서 정어리 좀 가져오게."

꼴로네요가 명령을 내렸다.

"왜 하필이면 저죠? 네? 왜 저만 그런 심부름을 해야 하는 거냐고요? 꼬리에 벤진을 묻히라더니, 이젠 정어리네. 왜 항상 저냐고요? 네?"

세끄레따리오가 매우 언짢다는 표정으로 말했다.

"왜냐하면 말이지, 오늘 저녁에 오징어가 나오거든. 그것도 로마식 요리로 말이지. 그 정도면 충분한 이유가 되지 않겠나?"

꼴로네요가 말했다.

"벤진 냄새가 아직도 꼬리에서 물씬 풍기는데…… 로마식 오징어라고 했나요?"

세그레따리오는 이렇게 물으면서 곧장 지붕을 타기 시작했다.

"엄마! 이 아저씨들 누구야?"

잠에서 깬 아기 갈매기가 고양이들을 가리키며 물었다.

"엄마라고! 얘가 엄마라고 부르네! 아이고, 귀여워 죽겠네!"

사벨로또도가 흥분에 겨워 소리를 질렀다. 그러자 소르바스는 눈짓으로 그에게 조용히 하라고 주의를 주었다.

"알았네, 카로 아미코. 자네는 이미 첫 번째 약속을 지켰고, 두 번째 약속도 지키는 중이군. 그러니까 이제 세 번째 약속만 지키면 되겠군."

꼴로네요가 말했다.

"세 번째가 가장 쉬운 거죠. 아기 갈매기에게 나는 법을 가르쳐주면 그만이거든요."

소르바스가 자신 있게 말했다.

"우리는 해낼 수 있을 거야. 지금 백과사전을 열심히 들여다보고 있거든. 완전히 이해하기까지는 시간이 좀 걸리겠지만, 까짓 문제없지."

사벨로또도가 확신에 찬 어조로 말했다.

그때 아기 갈매기가 느닷없이 소리를 질러댔다.

"엄마! 배고파!"

# 두 건달 고양이

아기 갈매기가 태어난 지 이틀 만에 꽤나 복잡한 문제들이 터지기 시작했다. 우선 소르바스는 갈매기가 이웃집 사람의 눈에 띄지 않게 해야 했기에 그의 행동은 유난히 민첩하고 부산스러울 수밖에 없었다.

또다시 이웃집 사람이 문을 여는 소리가 들렸다. 소르바스는 빈 화분을 아기 갈매기에게 뒤집어씌워서 가리고는 그 위에 걸터앉았다. 다행스럽게도 이웃집 사람은 발코니로 나오지 않았다. 아기 갈매기가 불편해서 낑낑대는 소리도 부엌까지는 들리지 않았다.

이웃집 사람은 여느 날과 마찬가지로 고양이 집을 깨끗하게 청소하고, 용기도 비워놓고 통조림 먹이도 따서 소르바스에게 주었다. 그리고는 집으로 돌아가기 전에 발코니 문을 슬쩍 들여다보았다.

"애, 소르바스야, 너 혹시 어디 아픈 거 아니지? 통조림을 따는데도 네가 뛰어나오지 않은 건 오늘이 처음이구나. 화분 위에 앉아서 뭐 하고 있니? 누가 보면 꼭 뭔가를 숨기고 있는 줄 알겠다. 그래, 아무튼 잘 있거라, 이 정신 나간 고양이 친구야, 안녕!"

만일 저 사람이 화분 밑을 들여다보고 싶어 했다면 어떻게 됐을까? 소르바스는 그런 생각만으로도 아랫배의 힘이 쭉 빠지는 것을 느꼈다. 재빨리 변기 있는 쪽으로 달려가 꼬리를 높이 쳐들고 변을 보았다. 더부룩한 배가 한결 가볍게 느껴졌다. 그런데 아까 이웃집 사람이 중얼거린 말이 자꾸만 머릿속에 떠올랐다.

'정신 나간 고양이라! 그 사람이 분명히 말했지. 정신 나간 고양이라고. 그래, 그 이웃집 사람 말이 맞을지 몰라. 아기 갈매기를 위해서 그 사람이 아기 갈매기가 있는 걸 알 수 있게 내버려둬야 했을지도 모르지. 그러면 그 사람은 내가 아기 갈매기를 먹어치우려 한다고 생각할 테고, 아기 갈매기를 자기가 키우려고 데리고 갈지도 모르지. 그렇지만 아무리 내가 갈매기를 화분 속에 숨겼다 하더라도, 정신이 나갔다고? 아냐, 절대로 미치지 않았어. 그렇고 말고. 소르바스는 항구 고양이들의 명예 존중 규약을 충실히 잘 지키고 있는 거야. 빈사 상태에서 죽어 가는 갈매기에게 약속했지. 아기 갈매기에게 나는 법을 꼭 가르쳐주겠다고. 그래, 꼭 약속을 지킬 테야. 비록 어떻게 해야 할지는 잘 모르겠지만, 반드시 그 약속을 지키고 말 테야.'

이때, 아기 갈매기의 비명 소리가 들렸다. 소르바스는 재빨리 변을 처리하고 발코니로 되돌아왔다.

그런데 발코니에서 벌어진 광경을 보는 순간, 소르바스는 온몸의 피가 꽁꽁 얼어붙는 것 같았다. 건달 고양이 두 마리가 아기 갈매기 앞에 떡 하니 버티고 있었다. 꼬리를 높이 세운 채로. 그중 한 마리는 갈매기가 움직이지 못하게 꽁지깃 위쪽을 한 발로 짓누르고 있었다. 다행스럽게도 그들은 등을 돌리고 있어서 소르바스가 다가가는 것을 눈치채지 못했다.

　"어이, 친구. 이런 맛있는 아침을 먹게 될 줄 누가 알았겠나. 고놈 작긴 하지만, 참 맛있게 생겼는걸."

　그중 한 마리가 즐거운 목소리로 중얼거렸다.

　"엄마! 살려줘!"

　아기 갈매기가 힘껏 구원의 소리를 질렀다.

　"나는 새고기 부위 중에서 날개 부분이 제일 맛있더라. 이놈 날개는 좀 작긴 하지만 살집은 제법 통통한걸."

　다른 한 마리가 맞장구를 쳤다.

　소르바스는 더 이상 기다릴 수가 없었다. 공중으로 잽싸게 뛰어올라 허공에서 앞발의 발톱 열 개를 동시에 바싹 세우고 두 건달 고양이 사이로 떨어졌다. 그리고 두 고양이의 머리를 동시에 낚아채서 바닥에 사정없이 내동댕이쳤다.

　그들은 놀라서 머리를 곤추세우고 일어서려 했다. 그러나 그들의 한쪽 귀는 이미 날카로운 발톱에 찢겨나간 뒤였다.

　"엄마! 저 녀석들이 나를 잡아먹으려고 했어!"

아기 갈매기가 소르바스에게 일렀다.

"우리들이 당신 아기를 먹으려 했다고요? 처, 천만에요. 절대 아니에요."

둘 중 한 마리가 머리를 바닥에서 떼지도 못한 채 애써 부인했다.

"그럼요, 우리는 채식주의자들이에요. 아주머니, 채식주의자 아시죠?"

다른 한 마리가 동조를 하며 변명을 늘어놓았다.

"이 멍청이들아, 난 아주머니가 아냐."

소르바스는 그들의 귀를 잡아 끌어올린 다음, 고양이들의 눈을 똑바로 쳐다보면서 크게 말했다.

두 건달 고양이들은 그런 소르바스를 보자 털끝이 곤두서는 느낌이었다.

"참으로 잘생긴 아드님을 두셨군요. 커서 한 자리 차지할 만한 훌륭한 인물이 되겠는데요."

그중 한 마리가 너스레를 떨었다.

"그럼요, 멀리서도 금방 눈에 띄는데요. 참 인물 좋네요."

다른 한 마리가 덧붙였다.

"이 바보들아, 얘는 고양이가 아니라 아기 갈매기야."

소르바스가 확실하게 말했다.

"그래, 맞아, 아들은 역시 갈매기 아들을 두어야 한다니까. 내가 이 친구에게 늘 했던 말이 바로 그거라니까요."

그들 중 한 마리가 말했다.

소르바스는 이 바보 같은 광대 짓을 그만둬야겠다고 생각했다. 그러나 두 바보 건달 고양이들에게는 따끔한 맛을 보여주고 싶었다. 소르바스는 앞발을 힘차게 높이 들어 두 고양이들의 귀 한 쪽씩을 낚아채서 발톱으로 세차게 긁어버렸다. 그들은 너무 아프고 놀라서 비명을 내지르며 큰길로 잽싸게 도망쳤다.

"야, 우리 엄마 최고!"

아기 갈매기가 자랑스럽게 외치며 환호성을 질렀다.

그제야 소르바스는 발코니가 안전한 곳이 아니라는 사실을 깨달았다. 그렇다고 아기 갈매기를 거실에 들여놓을 수는 없었다. 그렇게 되면 아기 갈매기는 거실 곳곳을 더럽힐 것이고 마침내 이웃집 사람에게 발각될 것이 뻔했기 때문이다. 소르바스는 좀더 안전한 곳을 물색해야만 했다.

"이리 와봐, 나랑 바람이나 쐬러 가자."

소르바스는 이렇게 말하면서 아기 갈매기를 앞이빨로 가볍게 물어서 들어올렸다.

# 왕초 쥐와의 협상

마침내 고양이들이 하리의 전시장에 모두 모였다. 그들은 아기 갈매기를 더 이상 소르바스 집에 머물게 할 수 없다는 사실에 모두 동의했다. 생각보다 많은 위험이 도사리고 있었기 때문이다. 그러나 아기 갈매기에게 가장 큰 위험은 그 두 건달 고양이들이 아니라 바로 이웃집 사람이었다.

"인간들은 정말 알 수가 없다니까. 좋은 의도를 가지고 한 일들이 오히려 불행을 가져온 경우가 얼마나 많았는데."

꼴로네요가 단호하게 말했다.

"그렇고 말고. 하리만 봐도 잘 알 수 있잖아. 참 마음씨 좋고 따뜻한 사람인데, 침팬지를 너무 좋아해서 걸핏하면 맥주를 준다니까. 침팬지가 목마르다고 할 때마다 맥주를 한 병씩이나 먹인 탓에 결국 마띠아스란 놈은 알코올에 중독되어 창피한 게 무엇인지도 모를 정도가 됐지. 게다가 마띠아스는 술에 취하면 항상 돼지 먹따는 소리로 노래를 부른다고. 어째 이런 일이!"

사벨로또도가 지적했다.

"인간들 말야, 일부러 나쁜 일도 얼마나 많이 하는데. 멀리서 찾을 필요도 없이, 그 불쌍한 갈매기를 생각해보라고. 폐기물을 버려서 바다를 황폐하게 만드는 미치광이 인간들 때문에 죽게 된 거잖아."

세끄레따리오가 한술 더 떴다.

짧은 시간이었지만 격렬한 논의가 끝났다. 그들은 만장일치로 결론을 내렸다. 아기 갈매기가 나는 법을 배울 때까지 소르바스와 아기 갈매기는 하리의 전시장에서 살아야 한다는 것이었다. 소르바스는 매일 아침마다 집에 다녀오기로 했다. 이웃집 사람이 이상한 눈치를 채지 못하도록 자연스럽게 행동하기 위해서였다. 그리고 다시 와서 아기 갈매기를 돌보는 것이다.

"그런데 아기 갈매기에게 이름을 지어주는 게 어떨까?"

세끄레따리오가 제안을 했다.

"그래, 그게 바로 내가 막 하고 싶었던 말일세. 아니, 이제는 그런 말까지 가로채려고 하다니. 나 원 참, 기가 막혀서."

꼴로네요가 어이없다는 듯이 불평을 터뜨렸다.

소르바스는 세끄레따리오의 제안에 적극 동의했다.

"나도 대찬성이야. 아기 갈매기도 이름을 가져야지. 그런데, 이름을 짓기 전에 아기 갈매기가 암놈인지 수놈인지를 먼저 알아야 할 텐데."

그의 말이 끝나자마자 사벨로또도는 어느 틈에 책장에서 백과사전 한 권을 꺼내 내려놓았다. 'ㅅ'으로 시작하는 제10권이었다. 그리고 '성'이라는 단어를 재빨리 찾기 시작했다. 그러나 불행하게도 아기 갈매기의 성을 어떻게 구별하는지는 백과사전에 적혀 있지 않았다.

"글쎄, 자네의 백과사전은 별로 쓸모가 없다는 사실을 알아야 한다니까."

소르바스가 불평했다.

"내 백과사전의 유용성에 대해서 이러쿵저러쿵하면서 의심하는 건 결코 용서할 수 없어. 백과사전 안에는 모든 지식이 들어 있단 말이야."

사벨로또도가 불쾌감을 드러내며 말했다.

"갈매기, 바다새, 그래, 바르볼렌또! 바르볼렌또가 아기 갈매기의 암수를 구별해줄 유일한 인물이야."

세끄레따리오가 확신에 찬 어조로 말했다.

"그래, 내가 방금 그 이름을 말하려 했는데. 다시는 내 말을 가로채지 말라고 경고했을 텐데."

꼴로네요가 나무라듯 윽박질렀다.

고양이들이 이야기하는 동안에 아기 갈매기는 박제가 되어 있는 십여 마리의 새들 사이를 거닐고 있었다. 그곳에는 구관조, 앵무새, 공작새, 독수리, 매 등이 있었다. 아기 갈매기는 박제를 쳐다보면서 섬뜩함을 느끼고 있었다. 그때였다. 갑자기 박제가 아닌 살아 있는 빨간 눈의 동물이 나타나 아기 갈매기의 앞길을 가로막고 섰다.

아기 갈매기가 절망적인 목소리로 외쳤다.

"엄마! 살려줘!"

그의 곁으로 제일 먼저 달려온 것은 역시 소르바스였다. 아주 제때 도착했다. 쥐새끼 한 마리가 앞발로 아기 갈매기의 목을 막 내리치려던 순간이었기 때문이다. 소르바스의 존재를 깨닫자마자 쥐새끼는 걸음아 나 살려라 하고 냅다 벽 쪽으로 도망쳐서 겨우 몸을 숨겼다.

"나를 잡아먹으려고 했단 말야."

아기 갈매기는 소르바스를 마구 때리면서 울부짖었다.

"이런 위험이 있을 줄 미처 몰랐구나. 쥐들을 만나서 단단히 일러둬야지."

소르바스가 결의에 찬 표정으로 말했다.

그는 벽의 갈라진 틈새로 가까이 다가갔다. 안은 너무 어두워 가까스로 쥐들의 눈동자만 볼 수 있을 정도였다.

"너희들 왕초를 좀 만나야겠다."

소르바스가 굳은 표정으로 말했다.

"내가 왕초다."

어둠 속에서 쥐 한 마리가 대답했다.

"만일 네가 왕초라면, 너희들은 바퀴벌레만도 못한 놈들임에 틀림없다. 네 왕초에게 내가 보잔다고 전해."

소르바스가 고집을 꺾지 않고 말했다. 그는 쥐 한 마리가 저만큼 멀어져가는 소리를 들었다. 하수관을 타고 내려가는 발톱 소리가 그대로 들려왔다. 몇 분이 지난 후 그 붉은 눈동자의 쥐가 어둠 속에서 다시 나타났다.

"우리 왕초가 널 만나겠대. 나선형 계단으로 내려가는 지하실 있지? 그 지하실의 전리품 궤짝 뒤를 보면 입구가 있을 거야."

소르바스는 그 쥐가 가르쳐준 대로 지하실로 내려갔다. 궤짝들 뒤쪽으로 가니 역시 벽 사이에 조그마한 구멍 하나가 나 있었다. 겨우 몸 하나 드나들 정도로 작은 구멍이었다. 소르바스는 거미줄을 헤쳐가면서 가까스로 쥐들의 세계로 들어갈 수 있었다. 음습한 분위기에다 오물의 악취가 코를 찔렀다.

"배수관을 따라 계속 내려가."

눈에는 보이지 않았지만 어디에선가 쥐 한 마리가 그에게 지시를 내리고 있었다. 소르바스는 그 말에 따를 수밖에 없었다. 그는 비좁은 배수구 속에서 몸을 땅바닥에 바싹 붙이고 기어갔다. 온몸은 이미 먼지와 쓰레기로 뒤범벅되어 있었다.

어둠을 뚫고 계속해서 안으로 들어가자 조그만 공간이 나왔다. 비록 미세하긴 했지만 한줄기 빛이 스며들어왔다. 소르바스는 이곳이 도로 아래에 있는 하수도라는 것을 알아챘다. 그리고 그 미세한 빛은 맨홀 뚜껑 사이를 뚫고 들어온 것이었다. 악취는 너무 지독

했지만 공간은 제법 충분했다. 네 발을 딛고 일어서도 될 정도로 여유 있는 편이었다. 가운데로 더러운 하수가 관을 통해 흘러내리고 있었다. 바로 그때 왕초 쥐가 나타났다. 검은 털의 왕초 쥐는 덩치가 컸고 온몸이 흉터투성이였다. 발톱 하나로 꼬리에 걸려 있는 반지를 만지작거리고 있었다.

"아니, 이게 누구신가. 뚱땡이 고양이시군."

왕초 쥐가 비아냥거렸다.

"뚱땡이! 뚱땡이!"

쥐 십여 마리가 단체로 합창했다. 그러나 소르바스는 그들의 눈밖에 볼 수 없었다.

"용건만 말하지. 이제 아기 갈매기는 건들지 마!"

소르바스가 목에 힘주며 말했다.

"그렇다면 고양이들이 아기 갈매기를 키운다는 것이 사실이군. 그럴 줄 알았지. 여기 하수도의 세계에서도 소문이 자자하다네. 아기 갈매기는 꽤나 맛있다던데. 하하하!"

왕초 쥐가 말했다.

"맛도 그만이래! 하하하!"

다른 쥐들이 따라서 합창을 했다.

"그 아기 갈매기는 우리 고양이들이 보호하고 있다."

소르바스가 딱 부러지게 말했다.

"왜? 키워서 잡아먹게? 우리는 초대 안 할 거야? 이기주의자들

같으니라고!"

왕초 쥐가 비아냥거렸다.

"이기주의자! 이기주의자!"

다른 쥐들도 덩달아 외쳤다.

"너희들도 잘 알겠지만, 내가 지금까지 해치운 쥐들 숫자만 따져도 아마 내 몸의 털보다 많을 거야. 다시 경고하는데, 만일 아기 갈매기의 털끝 하나라도 건드리면 너희들 목숨은 이미 끝난 거야."

소르바스가 매우 엄숙하게 경고했다.

"어이, 이 비곗덩어리, 여기서 어떻게 나갈지는 생각해봤나? 우리는 이 자리에서 너를 걸쭉한 고양이 수프로 만들어버릴 수도 있어."

왕초 쥐가 위협했다.

"고양이 수프! 고양이 수프!"

역시 이번에도 다른 쥐들이 일제히 합창했다.

바로 그때, 소르바스는 잽싸게 왕초 쥐를 향해 뛰어올랐다. 그리고 그의 등에 사뿐히 내려앉아서 날카로운 발톱으로 왕초 쥐의 머리를 짓눌렀다.

"자, 이제 네 눈알을 뽑아줄까. 네 부하들이 나를 수프로 만들 수 있을지 몰라도, 아마도 너는 수프 맛을 볼 수는 없을 거야. 자, 그래도 아기 갈매기를 건드릴 텐가?"

소르바스가 발톱에 힘주며 압박을 가했다. 왕초 쥐는 결국 소르바스의 의견을 받아들일 수밖에 없었다.

"이런, 성깔 한번 고약하군. 좋아, 좋아. 고양이 수프는 물론이고 아기 갈매기 수프도 없던 걸로 하지. 하수도 세계에서는 뭐든지 협상이 가능하거든."

"그렇다면 협상하자. 아기 갈매기를 건드리지 않는 대신 뭘 원하는지 말해봐."

"정원을 자유롭게 통행할 수 있게 해주게. 우리들이 다니지 못하도록 꼴로네요가 시장으로 가는 길을 완전히 차단했거든. 자유로운 정원 출입권을 주게."

"좋아. 정원을 마음대로 다니도록 해주지. 그러나 조건이 있다. 너희들은 밤에만 다녀야 한다. 물론 사람들의 눈에 띄지 않게 조심하도록. 우리 고양이들 체면도 있으니까 말이야."

소르바스는 쥐들과의 협상을 끝내자, 왕초 쥐의 머리를 놔주었다.

소르바스는 증오로 가득 찬 쥐 떼들의 붉은 눈동자를 하나하나 똑바로 쳐다보면서 조심조심 뒷걸음치며 하수도 세계에서 빠져 나와야만 했다.

# 수컷일까 암컷일까

　고양이들이 바를로벤또를 만난 것은 그로부터 사흘이 지난 뒤였다. 바를로벤또는 바다 고양이인데, 진정한 바다의 용사였다. 그는 엘바 강 밑바닥의 암초들을 제거하고 깨끗하게 청소하는 거대한 준설선 '하네스 II'의 마스코트였다. '하네스 II'의 선원들은 파란 눈의 순백색 털을 지닌 바를로벤또의 진가를 잘 알고 있었다. 엘바 강 바닥을 청소하는 힘든 노동을 하는 선원들에게, 바를로벤또는 동료 이상의 상징적인 의미를 지닌 존재였다.

　언젠가 폭풍우가 몰아치던 때였다. 선원들은 자신들이 입는 비옷과 비슷하게 생긴 비닐 장판을 그에게 덮어씌웠고, 그 덕분에 바를로벤또는 폭풍우에도 무사할 수 있었다. 선원들은 악천후와 싸우기 위해 동분서주하면서도 바를로벤또를 염려한 것이었다.

　바를로벤또는 자신의 여행에 얽힌 무용담을 얘기하길 즐겼는데, 특히 '하네스 II'가 로테르담, 앤트워프, 코펜하겐 등의 항구를 청소하면서 일어났던 재미있는 일화들을 얘기했다. 그렇다. 그는 정말로 타고난 바다의 전사였다.

"어이!"

바를로벤또는 하리의 전시장 입구로 들어서면서 반갑게 인사했다. 그는 커다란 몸을 좌우로 흔들면서 걸었다.

침팬지는 바를로벤또가 지나가는 것을 보고 눈꺼풀을 깜빡이며 기막혀 했다. 건물 입구에 있는 매표소가 얼마나 중요한지 안중에도 없는 듯이 보였기 때문이다.

"이봐, 이가 득실거리는 털북숭이. 인사를 할 줄 모르면 돈이라도 내고 들어가야지."

마띠아스가 톡 쏘아댔다.

"이런 다랑어 송곳니 같은 녀석 봤나! 나보고 이가 득실거리는 털북숭이라고? 그래, 너 말 잘했다. 이 몸은 전 세계 모든 항구의 해충이란 해충은 모조리 달고 다니는 몸이시다. 어디 내 등짝에 딱 붙어 있는 진드기 맛 좀 보여줄까? 그놈은 너무 딱 달라붙어 있어서 나도 지긋지긋하거든. 아니면 까따뚜아 섬의 벼룩 얘길 해줄까, 이런 고래 턱수염 같은 녀석아. 그놈들은 일곱 명의 피를 빨아먹고도 간에 기별도 안 가는 놈들이지. 한번 맛 좀 보고 싶어? 그러고 싶지 않다면 이 줄을 빨리 걷어치워, 이 얼간이 늘보원숭이야!"

바를로벤또는 큰 소리로 당당하게 호령하더니, 침팬지의 대답도 기다리지 않고 안으로 걸어 들어갔다.

마침내 서가에 도착한 바를로벤또는 그곳에 모여 있던 항구 고양이들에게 반갑게 인사를 건넸다.

"무엥!"

큰 소리로 아침 인사하기를 좋아하는 바를로벤또가 즐겨 사용하는 함부르크 풍의 구수한 방언이었다.

"오, 마침내 도착했구먼, 선장. 우리가 얼마나 그대를 보고 싶어 했는지 아마 자네는 모를걸세."

꼴로네요가 그를 반갑게 맞이했다.

고양이들은 아기 갈매기에 얽힌 사연을 모두 얘기했다. 그리고 어미 갈매기와 했던 약속도 분명하게 밝혔다. 그것은 단지 소르바스만의 약속이 아니라 고양이 전체의 명예와 관련된 문제라는 점을. 바를로벤또는 비통한 모습으로 머리를 가로 저으며 이야기를 끝까지 듣더니 참다 못한 듯 화를 내면서 자신의 경험을 얘기했다.

"이런 오징어 먹물 같은 일이 있나! 지금 바다에서는 너무나 끔찍한 일들이 벌어지고 있어. 나는 종종 인간들이 전부 미쳐버린 게 아닌가 하는 의문을 품는다네. 인간들은 바다 전체를 거대한 쓰레기통쯤으로 생각한다니까. 한번은 엘바 강 바닥을 청소한 적이 있었는데, 얼마나 많은 오염 물질이 파도에 쓸려왔는지 아마 자네들은 상상도 할 수 없을걸세. 세상에, 거북이 등 껍데기 같으니라고! 살충제, 화학물질, 고무 타이어, 플라스틱 음료수 병…… 모두가 하나같이 인간들이 쓰고 버린 것들이었지. 그런데 그 양이 얼마나 어마어마한지. 기가 막힐 노릇이었어."

"이런, 끔찍한 일이군! 만일 그런 일이 계속해서 일어난다면 조만 간에 '오염'이라는 단어가 백과사전 제12권의 'ㅇ' 부분을 꽉 채우겠군."

사벨로또도가 호들갑을 떨면서 맞장구를 쳤다.

"그런데 그 불쌍한 새를 위해 내가 할 일이 뭔데?"

바를로벤또가 궁금해했다.

"자네는 바다의 비밀을 가장 잘 알고 있는 유일한 인물이지. 오직 자네뿐일세. 그러니 자네가 판단을 해줘야겠네. 아기 갈매기가 암컷인지 수컷인지 말일세."

꼴로네요가 대답했다.

고양이들은 바를로벤또를 아기 갈매기가 있는 곳으로 안내했다. 아기 갈매기는 곤하게 잠들어 있었다. 세끄레따리오가 가져다 준 오징어를 실컷 먹고서 깊은 잠에 빠진 것이다. 그때까지도 아기 갈매기의 먹이 담당은 세끄레따리오였다. 꼴로네요의 지시를 잘 수행하고 있었다.

바를로벤또는 잠들어 있는 아기 갈매기의 앞다리를 쭉 펴서 들어올렸다. 그리고 얼마 전부터 자라기 시작한 꽁지깃과 머리를 손으로 만져보면서 자세히 관찰했다. 그러자 아기 갈매기는 잠에서 깨어 놀란 눈을 크게 뜨고서 소르바스를 찾았다.

"흠, 바닷게의 발이로군!"

바다의 전사는 흥미진진한 표정으로 특유의 비유법을 구사했다.

"암컷이구먼! 언젠가는 내 꼬리에 나 있는 털만큼이나 많은 알을 낳을 놈이야!"

소르바스는 작고 귀여운 아기 갈매기를 혀로 열심히 핥아주었다. 그는 어미 갈매기의 이름을 물어보지 않았던 것을 꽤나 안타까워했다. 만일 인간들의 부주의 때문에 죽은 어미 갈매기의 활강술을 이 아기 갈매기가 계속 이어갈 수 있는 팔자로 태어났다면, 어미 갈매기와 똑같은 이름을 가져도 좋았을 텐데 하는 아쉬움이 남았다.

이때 꼴로네요가 제안했다.

"아기 갈매기가 우리의 보호 아래 자랄 수 있는 것도 행운이라는 생각이 드는군. 그러니 아기 갈매기의 이름을 '행운아'라는 뜻의 '아포르뚜나다'라고 짓도록 하지."

"고등어 아가미 같은 훌륭한 생각이군! 멋진 이름이야! 나는 언젠가 발트 해에서 보았던 멋진 돛단배를 아직도 기억하지. 그 배 이름이 바로 '아포르뚜나다'였어. 온통 하얀색이었지."

"이 녀석은 나중에 커서 한가락 할 놈이 틀림없네. 출중한 인물이 될 거야. 암, 그렇고 말고. 그리고 이 녀석 이름도 백과사전의 'ㅇ' 부분 중에서 한 자리를 차지하게 될걸."

세끄레따리오가 확신에 찬 어조로 말했다.

이렇게 해서 아기 갈매기의 이름은 꼴로네요의 제안대로 만장일치로 결정됐다. 이어서 항구 고양이들이 세례의식을 거행했다. 고

양이 다섯 마리는 조그만 아기 갈매기를 에워싸고 빙 둘러서서 원형을 만들었다. 그리고는 뒷발에 힘을 주어 몸을 지탱하고 앞발을 앞으로 쭉 뻗은 후 다섯 마리의 앞 발톱을 서로 이어서 천장 모양으로 둥글게 만들었다. 그리고 다 함께 아기 갈매기의 축복을 빌었다.

"축하한다, 아포르뚜나다! 우리 고양이들의 영원한 친구를 위하여!"

"위하여! 위하여! 위하여!"

# 진정한 행운아, 아포르뚜나다

아포르뚜나다는 고양이들의 극진한 보살핌을 받으며 하리의 전시장에서 무럭무럭 자라났다. 그는 이제 어엿한 숙녀였고 비단 같은 은빛 깃털은 매혹적이기까지 했다.

아포르뚜나다는 전시장에 관광객이 들어와서 구경할 때는 꼴로네요의 지시에 잘 따랐다. 가끔 박제 새들 사이에 끼여서 마치 그들 중의 하나처럼 미동도 없이 조용히 앉아 있었다. 그러나 바다의 늙은 늑대라 불리는 하리가 퇴근하고 전시장의 문을 닫는 오후가 되면, 전시장은 아포르뚜나다의 세상이었다. 꽁지깃을 살래살래 흔들며 이 방 저 방을 들락거리며 사방팔방 누비고 다녔다. 그곳에 가득 놓인 신기한 물건들을 감상하며 환상의 세계 속에서 마음껏 뛰놀았다. 그러나 사벨로또도는 계속해서 책들을 뒤져가며 소르바스에게 비행술을 가르칠 수 있는 방법을 연구하였다.

"난다는 것은 공기를 뒤와 아래로 힘껏 밀쳐내는 원리다……. 아

113

하! 아주 중요한 사실을 알았군."

사벨로또도는 책 속에 코를 파묻은 채 즐거워하면서 중얼거렸다.

"그런데, 왜 내가 날아야 해?"

아포르뚜나다가 사벨로또도의 몸에 바싹 기대면서 물었다.

"아니 이럴 수가! 어째 이런 일이! 아직도 그걸 모르다니."

사벨로또도가 답답하다는 듯 호들갑을 떨었다.

"너는 갈매기잖니. 모든 갈매기들은 하늘을 날아다니거든."

"나는 날아다니고 싶지 않단 말야. 그리고 갈매기는 되기 싫어, 나는 고양이가 되고 싶어. 고양이들은 날지 않아도 되잖아."

그러던 어느 날, 아포르뚜나다는 신나게 놀다 어느새 전시장 입구까지 오게 되었다. 불행하게도 그곳에서 침팬지와 우연히 마주치고 말았다.

"너 아무 데나 함부로 똥을 싸면 안 돼!"

마띠아스가 거칠게 말했다.

"원숭이 아저씨, 무슨 말을 그렇게 해요?"

"새들이 할 수 있는 일이라곤 그것밖에 없지. 똥 누는 것 말야. 그리고 너도 새잖아."

"착각하지 마세요. 나는 새가 아니고 고양이라서 항상 깨끗해요. 그리고 잘 알다시피 나는 사벨로또도 아저씨하고 같은 상자에서 지낸다고요."

"하, 하, 하! 이가 득실거리는 그 일당들이 너를 감쪽같이 속인 모양이로구나. 자, 네 몸을 자세히 봐라. 너는 다리가 두 개고, 고양이들은 다리가 네 개지. 너는 깃털이 있지만 고양이들은 털이 있지. 그리고 꼬리는 어떠니? 응, 한번 볼래? 너, 꼬리가 있니, 없니? 네가 그런 고양이들과 같이 책을 읽으며 얘기하고 지내다니, 너도 미친 게 틀림없어. 세상에, 이럴 수가! 어째 이런 일이! 정신 나간 새로 군! 고양이들이 왜 너를 그렇게 귀여워하고 응석을 받아주는지 알고 싶지 않니? 다들 딴생각이 있어서 그런 거야. 네가 토실토실하게 살이 찌면 잡아먹으려고 기다리는 거야. 네 몸통은 물론 깃털까지도 남기지 않고 단숨에 먹어치울걸!"

침팬지는 신이 나서 떠벌렸다.

그 날 저녁, 고양이들은 세끄레따리오가 식당 주방에서 슬쩍해 온 오징어 요리를 준비했다. 오징어 요리는 아기 갈매기가 가장 좋아하는 요리였다. 그런데 아기 갈매기의 모습이 눈에 띄지 않았다. 고양이들은 이상하게 생각했고, 아기 갈매기에게 무슨 사고라도 생긴 것이 아닌가 하고 걱정하기 시작했다.

그들은 갈매기를 찾아 헤맸다. 마침내 소르바스가 겁에 질린 채 박제 동물들 사이에 쭈그리고 앉아 있는 아기 갈매기를 찾아냈다.

"아포르뚜나다, 배고프지 않니? 오징어 요리를 준비했는데."

소르바스가 아기 갈매기를 어루만지며 물었다. 그러나 아기 갈매기는 입을 꽉 다문 채 말이 없었다. 소르바스는 걱정스럽게 말을 이었다.

"무슨 일이니? 어디 아프니?"

"내가 통통해지길 바라고 밥을 먹으라는 거지?"

아기 갈매기는 소르바스를 쳐다보지도 않고 퉁명스럽게 쏘아붙였다.

"네가 건강하고 튼튼하게 자라길 바라서야."

"그래서, 내가 토실토실해지면 쥐들까지 초대해서 나를 잡아먹을 거지?"

아기 갈매기가 눈물을 흘리면서 말했다.

"그런 바보 같은 말이 어디 있니?"

소르바스가 강한 말투로 반박했다.

아포르뚜나다는 눈물을 흘리며 마띠아스에게 들은 이야기를 모두 털어놓았다. 소르바스는 아기 갈매기의 눈물을 닦아주고는 그때까지 한 번도 하지 않았던 말을 꺼냈다.

"넌 갈매기란다. 그건 침팬지의 말이 옳아. 그러나 아포르뚜나다, 우리 고양이들은 모두 너를 사랑한단다. 너는 아주 예쁜 갈매기지. 그래서 우리는 너를 더욱 사랑한단다. 네가 고양이가 되고 싶다고 했을 때, 우리들 중 그 어느 누구도 반박하지 않았지. 네가 우리처럼 되고 싶다는 말이 우리들을 신나게 했기 때문이야. 그러나 너는 우리와는 달라. 하지만 네가 우리와 다르다는 사실이 우리를 기쁘게도 하지. 우리는 불행하게도 네 엄마를 도와줄 수가 없었어. 그렇지만 너는 도와줄 수 있단다. 우리들은 네가 알에서 부화되어 나

올 때부터 지금까지 줄곧 너를 보호해왔단다. 우리들은 네게 많은 애정을 쏟으며 돌봐왔지. 그렇지만 너를 고양이처럼 만든다는 생각은 추호도 없었단다. 우리들은 그냥 너를 사랑하는 거야. 네가 우리를 사랑하고 있다는 것도 잘 알아. 우리들은 네 친구이자, 가족이야. 우리들은 너 때문에 많은 자부심을 가지게 됐고, 많은 것을 배웠다는 것도 알아줬으면 좋겠구나. 우린 우리와는 다른 존재를 사랑하고 존중하며 아낄 수 있다는 사실을 배웠지. 우리와 같은 존재들을 받아들이고 사랑한다는 것은 아주 쉬운 일이야. 하지만 다른 존재를 사랑하고 인정한다는 것은 쉬운 일이 아니지. 그런데 너는 그것을 깨닫게 했어. 너는 갈매기야. 그러니 갈매기들의 운명을 따라야지. 너는 하늘을 날아야 해. 아포르뚜나다, 네가 날 수 있을 때, 너는 진정한 행복을 느낄 수 있을 거야. 그리고 네가 우리에게 가지는 감정과 우리가 네게 가지는 애정이 더욱 깊고 아름다워질 거란다. 그것이 서로 다른 존재들끼리의 진정한 애정이지.”

“근데, 난다고 생각하니까 너무 무서워.”

아포르뚜나다가 소르바스의 품에 안기면서 응석을 부렸다.

“내가 언제나 네 곁에 있잖니. 네 엄마에게도 분명히 그렇게 약속했단다.”

소르바스는 어린 갈매기의 머리를 쓰다듬으며 다독거리고 안심시켰다. 아기 갈매기는 그제야 날개 한쪽을 펴서 고양이의 등에 걸치며 고양이 품에 꼭 안겼다.

# 나는 법을 배우는 갈매기

"자, 시작하기 전에 마지막으로 기술적인 문제를 점검해봅시다."

사벨로또도가 신중하게 말했다.

꼴로네요, 세끄레따리오, 소르바스, 바를로벤또는 책장 꼭대기에 앉아서 밑을 주의 깊게 바라보고 있었다. 복도 저 끝에는 아포르뚜나다가 서 있었다. 그곳이 이른바 이륙장이었다. 사벨로또도는 반대쪽 끝에 서 있었다. 그는 백과사전 제6권의 'ㄹ' 부분을 펼쳐 들고 지시를 내리고 있었다. 그중에서도 이탈리아의 위대한 거장 '레오나르도 다빈치'가 나오는 쪽을 읽고 있었다. 그곳에는 '나는 기계'라고 이름 붙인 모형이 그려져 있었다.

"제일 먼저 1번과 2번 부분의 평형 상태를 체크해봅시다."

사벨로또도가 진지하게 지시했다.

"1번과 2번 부분 검사 끝."

아포르뚜나다가 먼저 왼발로, 그리고 오른발로 뛰면서 복창했다.

"좋았어. 다음은 3번과 4번 부분의 펼침 상태 점검."

사벨로또도는 자신이 마치 미 항공우주국NASA의 엔지니어처럼 매우 중요한 인물이 된 듯한 느낌을 받았다.

"3번과 4번의 펼침 상태 준비 끝."

아포르뚜나다는 양 날개를 쫙 펼치면서 대답했다.

"오케이! 자, 지금까지의 과정을 다시 한 번 완벽하게 점검해보자."

사벨로또도가 지시했다.

"이런 가자미 콧수염 같으니라고! 이제 그만 점검하고 한방에 날아버려!"

구경하고 있던 바를로벤또가 조급함을 참지 못해 성화를 부리자 사벨로또도가 신경질적으로 말했다.

"이런 세상에! 이봐, 이곳의 비행 기술 책임자는 나라는 사실을 명심하게! 모든 일은 차근차근 확실하게 처리해야지. 그렇지 않으면 아포르뚜나다에게 끔찍한 결과가 일어날 수도 있단 말야."

"자네 말이 옳아. 바를로벤또도 자네가 하는 일을 잘 알면서도 괜히 그러는 거니까, 신경 쓰지 마."

세그레따리오가 그를 다독거렸다.

"그게 바로 내가 하고 싶었던 말일세."

아니나 다를까, 꼴로네요가 이번에도 말꼬리를 놓치지 않고 끼어들었다.

"자네는 도대체 언제쯤이면 내가 하는 말을 가로채지 않을 텐가?"

마침내 아포르뚜나다가 첫 번째 이륙을 시도하려는 순간이다.

지난주에는 아포르뚜나다가 날고 싶어한다는 사실을 고양이들이 눈치챌 만한 두 사건이 있었다. 아기 갈매기는 날고 싶다는 생각을 드러내지는 않았지만, 고양이들은 그것을 금방 알 수 있었다.

첫 번째 사건은 어느 날 오후에 일어났다.

아포르뚜나다는 하리의 지붕 위에서 고양이들과 함께 일광욕을 즐기고 있었다. 일광욕을 즐긴 지 한 시간쯤 지났을까. 어디선가 나타난 갈매기들이 하늘을 유유히 나는 모습이 눈에 들어왔다. 모두 세 마리였다. 하늘을 가로지르며 날고 있는 갈매기들의 모습은 우아하고 근사해 보였다. 그도 그럴 것이 갈매기들은 온몸이 마비된 듯 전혀 움직임이 없이 큰 날개를 편 상태로 오랫동안 날고 있었으며, 어떻게 보면 단순하게 허공에 붕 떠 있는 듯이 보였다. 단지 살짝살짝 움직이는 가벼운 몸 동작만으로도 우아함과 품격을 유지하고 있었던 것이다.

그 모습을 보고 있던 고양이들은 순간 부러움을 느꼈다. 그들도 저 갈매기들과 함께 높은 창공을 날아 보고 싶은 욕구를 느끼고 있었다. 그 순간 고양이들은 일제히 하늘에서 눈을 떼어 아기 갈매기를 바라보았다. 어린 갈매기는 자기 종족들이 나는 모습을 넋을 잃고 바라보고 있었다. 그러다가 자신도 모르는 사이에 날개를 활짝 펴는 것이었다.

"저것 봐! 날고 싶어하는 거야."

꼴로네요가 말했다.

"그래, 이제 아기 갈매기가 날아야 할 때가 된 거야. 이제는 꼬마 갈매기가 아냐. 다 자란 거라고."

소르바스가 확신에 찬 어조로 말했다.

"아포르뚜나다, 뭐 하고 있어! 날아라, 날아! 한번 날아보라니까!"

세끄레따리오가 힘차게 그를 격려했다. 그러나 친구들의 격려 소리를 들은 아포르뚜나다는 갑자기 날개를 후닥닥 접더니 쑥스럽다는 듯이 그들에게로 다가갔다. 그러더니 소르바스에게 기대어 눕더니 졸린 듯 이내 잠이 들었다.

그 다음 날 두 번째 사건이 벌어졌다. 고양이들은 한가하게 둘러앉아 바를로벤또의 모험담을 듣고 있었다.

"그러니까 말이지, 그때 파도가 너무 거세고 높아서 우리는 해안이 어디인지조차 구분할 수가 없었던 거야. 이런 향유고래 기름 같은 경우가 있나! 게다가 설상가상으로 나침반도 고장이 났으니. 결국 우리는 닷새 밤낮을 폭풍우와 싸우면서 지내야만 했지. 우리는 배가 뭍으로 향하는지 아니면 점점 더 바다 쪽으로 나가고 있는지조차 알 수가 없었어. 이제는 틀렸나 보다 낙담하고 있을 때였지. 바로 그때, 갈매기 무리 한 떼가 날아가는 것을 우리 조타수가 발견한 거야. 그때의 기쁨을 자네들은 모를 거야. 우리들은 곧바로 갈매기 무리를 따라서 그 방향으로 키를 돌렸지. 그 덕택에 결국 우리는 육지에 도달할 수 있었던 거야. 세상에, 이런 가자미 어금니 같은 일이 있나! 바로 그 갈매기 떼들이 우리를 살린 거지. 만일 그때 갈매기들을 만나지 못했다면, 아마 나도 지금 여기서 이렇게 재미있는 무용담을 늘어놓지도 못했겠지."

아포르뚜나다는 전사의 모험담을 항상 재미있게 들었다. 그런데 그 날 따라 유난히 눈빛을 반짝이며 귀를 쫑긋 세우고 관심 있게 들었다.

"갈매기들은 진짜로 폭풍우 속에서도 날아다녀요?"

그가 질문했다.

"물론. 바닷장어가 방전하는 것만큼이나 당연한 말씀! 갈매기는 이 세상에서 가장 강한 새지. 갈매기보다 더 잘 나는 새는 없다고."

바를로벤또가 확언했다.

바다 전사의 얘기는 아포르뚜나다의 가슴에 깊이 스며들었다. 그의 발은 공연스레 흙을 이리저리 파헤치고 있었고, 부리는 매우 예민하게 움직이고 있었다.

"꼬마 아가씨! 아가씨도 날고 싶어요?"

소르바스가 지나가는 투로 묻자, 아포르뚜나다는 고양이들의 얼굴을 하나하나 쳐다보았다. 그러더니 마침내 대답했다.

"그래, 좋아요! 내게 나는 법을 가르쳐주세요!"

순간 고양이들은 너무 기뻐서 환호했다. 이 순간을 얼마나 기다렸던가. 그들은 고양이 특유의 인내심을 발휘해서 어린 갈매기가 날고 싶다는 의지를 직접 드러낼 때까지 끈덕지게 기다렸던 것이다. 왜냐하면 난다는 것은 지극히 개인적인 결정에 달린 문제라는 것을 고양이들은 조상들이 일러준 교훈을 통해 이미 깨닫고 있었기 때문이다. 그것은 강요나 억지가 아니라 자발적으로 결정해야 할 문제였다.

고양이들 중에서도 가장 기뻐한 것은 사벨로또도였다. 그는 백과사전 제6권의 'ㄹ' 부분에 나와 있는 비행에 관한 기본 지식들을 이미 완벽하게 익혀두었기에 이번 임무를 총 지휘하게 된 것이다.

그렇게 해서 마침내 첫 번째 비행 연습을 시작하게 되었다. 모두 긴장했다.

"이륙 준비!"

사벨로또도가 지시를 내렸다.

"이륙 준비 끝."

아포르뚜나다가 신호를 보냈다.

"1번과 2번 부분을 이용해 마룻바닥을 뒤로 밀쳐내면서, 앞으로 전진!"

사벨로또도의 명령이 내려지자, 이윽고 아포르뚜나다가 앞으로 나아가기 시작했다. 그러나 속도가 너무 느렸다. 마치 바퀴가 녹이 슬어서 구르지 못하는 것 같았다.

"더 빨리, 속력을 내!"

사벨로또도의 주문이 이어졌다. 그러자 아기 갈매기의 속력이 조금 붙었다.

"자, 이제 3번과 4번 부분을 활짝 펴!"

사벨로또도의 지시에 따라, 아포르뚜나다는 앞으로 전진하면서 양 날개를 힘껏 펼쳤다.

"이제 5번 부분을 들어올려!"

아포르뚜나다는 명령에 따라서 꽁지깃을 위로 들어올렸다.

"자, 이제 3번과 4번 부분을 아래위로 흔들어봐. 그렇게 공기를 아래로 보내면서 동시에 1번과 2번 부분을 바싹 오므려!"

아포르뚜나다는 사벨로또도의 지시대로 날개를 펄럭이며 다리를 오므렸고, 약 두 뼘 정도 높이까지 날아올랐다. 그러나 곧 땅으로 곤두박질치고 말았다.

고양이들은 놀라서 책장 위에서 뛰어내려와 갈매기에게 달려갔다. 아기 갈매기는 눈물을 흘리고 있었다.

"나는 아무 짝에도 쓸모없어! 아무 짝에도 쓸모없는 새라고!"

슬픔에 잠긴 갈매기가 눈물을 흘리며 흐느꼈다.

"누구든 첫 번째에 성공하는 법은 없지. 너는 곧 성공하게 될 거야. 실망하지 마. 내가 약속하지."

소르바스가 갈매기의 머리를 쓰다듬으며 위로해주었다.

사벨로또도는 백과사전을 펼쳐놓고 레오나르도 다빈치의 모형을 몇 번이고 다시 살펴보면서 실패의 원인을 찾아내려고 애썼다.

# 고양이들의 최종 결정

　아포르뚜나다는 그때 이후로 무려 열일곱 번이나 비행을 시도했지만 실패하고 말았다. 그때마다 바닥에서 겨우 몇 센티미터 정도 날아올랐을 뿐이었다.

　사벨로또도는 평소보다 많이 야위었다. 그는 열두 번째 시험 비행이 실패로 끝나자, 애지중지하던 콧수염까지 뽑아버리면서 전의를 불태웠다. 그러나 결과는 변화가 없었다. 그때마다 떨리는 목소리로 패인을 분석하면서 괴로워했다.

　"도저히 이해할 수가 없단 말야. 비행 이론은 최선을 다해서 완벽하게 조사했는데. 기체역학에 관한 모든 사전을 다 뒤져가면서 레오나르도 다빈치의 이론과 비교도 했지. 그렇게 열심히 준비했는데도 매번 실패하다니, 도저히 믿을 수가 없다고! 세상에! 어째 이런 일이!"

　다른 고양이들도 그의 심정을 이해할 수 있었다. 그러나 그들은 무엇보다도 당장 아포르뚜나다가 마음에 걸렸다. 시험 비행에 실패할 때마다 그는 점점 더 우울하고 침울해 했기 때문이다.

마지막 시험 비행이 실패로 끝났을 때였다. 꼴로네요는 시험 비행을 중단시켰다. 그는 자신의 경험으로 미루어보아, 갈매기는 이미 자신감을 잃기 시작했다고 판단했다. 만일 아기 갈매기가 정말로 날기를 원한다면, 자신감을 잃는다는 것은 매우 치명적이고 위험한 요소이기 때문이다.

"아기 갈매기가 날기는 힘들 것 같군. 아무래도 우리들하고 너무 오랫동안 살아온 탓일 거야. 그래서 비행 능력을 잃어버린 거지."

세끄레따리오가 말했다.

"기술적인 측면의 지시를 잘 따르고 기체역학의 법칙을 잘 준수한다면, 나는 것은 전혀 문제없어. 이 백과사전 한 권이면 뭐든지 다 해결할 수 있다니까."

사벨로또도가 역설했다.

"쓸데없는 얘기들은 그만둬! 갈매기는 반드시 날 수 있다니까!"

바를로벤또가 화를 내면서 말했다.

"꼭 날아야 해. 내가 어미 갈매기와 아기 갈매기 모두에게 약속했는걸. 반드시 날고 말 거야."

소르바스가 확신에 찬 어조로 말을 거들었다.

"그래, 그 약속을 지키는 것은 우리 모두의 명예와도 관계 있는 일이지."

꼴로네요가 상기시켰다.

"하지만 우리가 아기 갈매기에게 날 수 있는 방법을 확실하게 가르칠 수 없다는 사실을 인정해야만 할 것 같아. 고양이의 세상 밖에서 누군가의 도움을 받아야 하겠어."

소르바스가 내키지 않는 제안을 했다.

"여보게, 친구! 도대체 어떻게 했으면 좋겠다는 건지 분명하게 얘기 좀 해봐."

꼴로네요가 진지하게 물었다.

"내 생애 처음이자 마지막으로 금기 사항을 깨뜨릴 수 있도록 허락하길 요청하네."

소르바스는 동료들의 눈을 하나하나 마주보면서 간청했다.

"뭐라고, 금기사항을 깬다고!"

그 말을 들은 고양이들은 등골이 오싹해지고 발톱이 날카롭게 뻗어 나오는 것을 느꼈다.

'인간과 언어 소통을 하는 것은 절대 안 된다.'

이것은 고양이 세계의 불문율이다. 물론 고양이들이 인간과 의사소통을 못 할 리가 없었고, 그런 관심이 없는 것도 아니었다. 그러나 가장 위험한 요소는 인간들의 반응이다. 말하는 고양이가 있다면 과연 인간들은 그 고양이를 어떻게 할까? 확언하건대, 인간들은 그 고양이를 철창 안에 가두고 갖가지 우스꽝스런 실험들을 할 것이다. 인간들이란 자신과 다른 존재를 인정하지도 않을뿐더러 인정

하려는 노력조차 하지 않기 때문이다.

고양이들은 그런 예를 잘 알고 있었다. 돌고래의 슬픈 운명이 대표적이다. 돌고래들은 지혜롭게 행동하면서 인간들과 친해졌다. 그러자 인간들은 돌고래들을 잡아다가 수중 전시장에 가둬두고 어릿광대 짓을 강요했다. 그 밖에도 인간을 받아들이고 자신들의 지혜로움을 발휘했다가 결국엔 비참한 신세로 변해버린 경우도 많았다. 지혜로운 동물인 사자들과 커다란 몸집의 펠리컨들도 철창 우리 안에 갇혀 살면서, 어떤 얼간이가 입속에 주먹을 밀어 넣어도 꼼짝없이 복종해야 하는 처량한 신세가 된 것이다. 앵무새도 마찬가지다. 하루 종일 새장 안에 갇혀서 어리석기 짝이 없는 바보짓을 노상 되풀이할 뿐이다. 그런 이유로 인간과 의사 소통한다는 것은 고양이들로서는 매우 위험한 짓이었다.

"자네는 아포르뚜나다와 함께 여기 있게. 우리들은 자네의 요청에 대해 격의 없이 토론해보겠네."

꼴로네요가 그렇게 말하면서 분위기를 정리했다.

긴 시간이 흘렀다. 그 동안 소르바스는 아기 갈매기를 품안에 꼭 안고 있었다. 아기 갈매기는 자신이 나는 법을 모른다는 사실에 대해 큰 슬픔과 설움을 느낄 수밖에 없었다.

밤이 깊어서야 논의가 끝났다. 소르바스는 결과가 궁금해서 조급한 마음으로 그들에게 달려갔다.

"우리 항구의 고양이들은 자네가 금기 사항을 깨뜨려도 좋다는 결정을 내렸네. 그러나 단 한 번뿐이고, 오직 한 사람과만 이야기할 수 있네. 그러나 어떤 인간과 의사 소통을 할 것인가는 우리가 결정할 걸세."

꼴로네요가 엄숙하게 결론을 내렸다.

# 선택된 인간, 시인

　어떤 인간에게 이야기할 것인가. 이 문제를 결정하는 것은 소르바스에게 쉬운 일이 아니었다. 결국 고양이들은 자신들이 알고 있는 모든 인간들의 목록을 작성한 뒤 거기서 한 명씩 한 명씩 이름을 지워나갔다.

　꼴로네요가 먼저 말을 꺼냈다.

　"주방장 레네는 두말할 필요도 없이 성실한 사람이지. 게다가 얼마나 다정다감한데. 우리를 위해 항상 맛있는 음식을 남겨두지. 물론 세끄레따리오와 나는 음식을 게걸스럽게 먹어치우고. 하지만 사람 좋은 레네가 가진 지식이라고는 양념과 요리에 관한 것이 전부일 뿐이야. 이런 경우는 우리에게 전혀 도움이 안 될 거야."

　이번에는 사벨로또도가 입을 열었다.

　"하리 역시 좋은 사람이야. 모든 사람들에게 친절하고 이해심도 많지. 심지어는 마띠아스의 그 괴팍한 폭력성까지도 용서해준다니까. 그런데 어휴, 그 지독한 파슬리 냄새라니! 무슨 향수 냄새가 그렇게 지독하담. 어휴, 끔찍해! 하리도 바다와 항해에 대해서는 많이 알지만, 나는 법에 관해서는 전혀 모를 거야."

세그레따리오가 말을 이었다.

"식당 종업원 팀장인 까를로도 있지. 그와 나는 떨어질 수 없는 관계일 정도로 서로를 너무 잘 알고 지내는 사이지. 참 좋은 친구야. 그러나 아쉽게도 그가 아는 것은 오로지 축구, 농구, 배구, 승마, 복싱 등 스포츠와 관계된 것뿐이지. 그가 비행에 대해서 얘기하는 것은 한 번도 들어 본 적이 없단 말야."

바를로벤또도 한마디했다.

"이런 말미잘 고수머리 같은 경우가 있나! 우리 식당의 지배인도 아주 끝내주는 사람이지. 한번은 암베레스 식당에서 건달 열두 명이 그를 모욕하자, 혼자서 그들과 맞서 싸운 적이 있었지. 그중 절반 정도를 완전히 넉 아웃 시켜버렸어. 낙지 촉수같이 대단했지! 그렇지만 그 친구는 지금 우리에게 도움이 안 될 거야."

소르바스도 자기 집에 사는 소년을 떠올렸다.

"우리 집의 소년이라면 내 딱한 처지를 이해할 텐데. 지금은 방학 중이라서 집에 없지 뭐야. 하긴, 그 애가 나는 것에 대해서 뭘 알겠어?"

마침내 꼴로네요가 짜증 섞인 소리로 한마디했다.

"포르카 미세리아! 목록에서 쓸 만한 인물은 단 한 명도 없구먼!"

이때 소르바스가 자신 있게 나섰다.

"잠깐, 명단에 없는 사람이 한 명 있어. 부불리나 집에 사는 사람이야."

부불리나는 아름다운 흑백색의 암코양이 이름이었다. 가끔 부불리나는 테라스의 화분 사이에 길게 누워서 아름다운 자태를 뽐내며 오랜 시간 동안 낮잠을 잤다. 항구의 모든 고양이들은 그 암코양이 집 앞을 지날 때마다 일부러 천천히 걸으며 멋진 몸매를 과시했다. 매끈한 몸매, 반짝이는 길고 깨끗한 털, 긴 콧수염, 곧게 뻗은 꼬리 등을 한껏 자랑하면서 부불리나의 관심을 끌려고 했다. 그러나 부불리나는 냉정할 정도로 무관심한 표정이었다. 단지 한 사람이 주는 애정만을 받아들였다. 그 인간은 늘 테라스에서 타자기 앞에 앉아 무엇인가를 열심히 쳐댔다.

그는 참으로 독특한 인간이었다. 때로는 방금 친 글을 읽고 나서 큰 소리로 웃기도 했다. 또 어떤 때는 전혀 읽어보지도 않고 바로 종이를 구겨서 쓰레기통에 휙 던져버리기도 했다. 테라스에는 항상 감미롭고 울적한 노래가 울려 퍼졌다. 부불리나는 그 노래에 심취해서 잠이 들었다. 그럴수록 그 앞을 지나는 수코양이들의 한숨 소리는 점점 더 깊어져만 갔다.

꼴로네요가 이해할 수 없다는 투로 물었다.

"부불리나가 사는 집 사람이라고? 왜 하필이면 그 사람이지?"

"특별한 이유가 있는 건 아니고…… 나도 잘 모르겠어요. 그 사람

이라면 믿을 수 있으리라는 확신이 섰을 뿐입니다. 전에 자신이 쓴 글을 직접 낭독하는 걸 들어본 적이 있었지요. 그런데 이상한 것은 그럴 때마다 항상 즐거웠고, 계속해서 들었으면 하는 생각이 들었다는 겁니다."

"시인이군! 그 사람이 쓴 것을 시라고 해. 백과사전 제10권의 'ㅅ'을 찾으면 나와."

사벨로또도가 설명해주었다.

"그런데 그가 나는 것에 대해서 안다고 어떻게 장담하지?"

세끄레따리오가 궁금해했다.

"새의 날개로 나는 것에 대해서는 아마 모를지도 모르지. 그러나 내가 그의 시를 들을 때면 항상 그의 시구를 타고 하늘을 붕붕 날아다니는 느낌이 들었어."

소르바스가 대답했다.

"그러면 투표로 결정하지. 소르바스가 부불리나가 사는 집 사람과 의사소통을 하는 데 찬성하는 사람은 오른발을 들자."

꼴로네요가 분위기를 이끌었다.

결과는 만장일치 찬성이었다. 그렇게 해서 소르바스는 그 시인과 의사 소통을 할 수 있게끔 결정되었다.

# 시인을 만나다

소르바스는 기와지붕을 타고서 선택된 인간이 사는 집 테라스에 도착했다. 부불리나는 화분들 사이에 누워서 편안하게 오후를 즐기고 있었다. 소르바스는 부불리나에게 말을 걸기 전에 왠지 모를 긴 한숨을 먼저 터뜨렸다.

"부불리나, 놀라지 마. 나는 소르바스라고 해. 여기 바로 위에 있어."

"무슨 일이지?"

부불리나가 놀라서 물었다.

"잠깐만, 내 말을 좀 들어봐. 네 도움이 필요해. 잠깐 내려가도 되겠니?"

부불리나는 고개를 끄덕이며 내려오라고 신호를 보냈다. 소르바스는 단숨에 테라스로 뛰어내려가 뒷발을 구부리고 앉았다. 부불리나는 그에게로 다가서며 냄새를 맡았다.

"네 몸에서 책 냄새, 습기 냄새, 헌 옷 냄새, 새 냄새, 먼지 냄새가 난다. 근데 네 털은 깨끗하군."

암코양이가 이상하다는 투로 말했다.

"하리의 전시장에서 밴 냄새야. 설령 내 몸에서 침팬지 냄새가 난다고 해도 너무 이상하게 생각하지 마."

소르바스가 미리 말해두었다. 감미로운 음악 소리가 테라스까지 흘러 나왔다.

"참 아름다운 음악이군."

"비발디의 '사계'이지. 그런데 내가 뭘 도와줄까?"

"나를 데리고 가서 네 주인에게 인사 좀 시켜줬으면 해."

"그건 안 돼. 그가 작업할 때는 어느 누구도 그를 귀찮게 방해해서는 안 돼. 나도 마찬가지야."

"제발, 부탁해. 매우 급한 일이란 말야. 항구의 모든 고양이들의 이름을 걸고 너한테 부탁한다."

"왜 그를 만나려는 거지?"

"나는 그와 얘기를 나눠야 해."

"그건 금기 사항이잖아! 안 돼, 여기서 당장 나가!"

부불리나는 소르바스가 찾아온 이유를 듣자, 등골이 오싹한 느낌이 들었다. 그러나 소르바스는 그냥 물러설 수가 없었다.

"그럴 순 없어. 네가 나를 데리고 들어가지 않겠다면, 내가 그를 이리로 나오게 하지. 너도 록 음악 좋아하지?"

그 사람은 방 안에서 타자를 치고 있었다. 방금 시 한 편을 끝냈기 때문에 행복감에 젖어 있었다. 오늘 따라 본인도 놀랄 정도로 시상이 술술 떠올랐다. 그때 부불리나가 아닌 다른 고양이 소리가 테라스에서 들렸다. 그 소리는 나름의 일정한 리듬은 가지고 있으나 불협화음 그 자체였다. 그는 시끄럽기도 하고 궁금하기도 해서 테라스로 나와 봤다. 그리고는 자신의 눈앞에서 벌어지는 광경을 믿을 수가 없는지, 양손으로 눈을 문질러댔다.

부불리나는 앞발로 머리를 감싸고서 귀를 틀어막고 있었다. 그리고 부불리나의 앞에는 몸집이 큰 검은 고양이가 있었다. 바닥에 자리를 잡고 앉아서 화분 하나에 등을 기대고 기이한 행동을 하고 있었다. 앞발 한쪽에는 꼬리를 걸쳐 콘트라베이스 모양을 만들고, 또 다른 한쪽 발로는 그 줄을 신나게 퉁기고 있었다. 게다가 사람 기운을 죄다 빠지게 할 정도로 음도 안 맞는 엉터리 노래를 악을 쓰며 부르고 있었다.

한마디로 어이없는 광경이었다. 그는 터져 나오는 웃음을 도저히 참을 수 없어 허리를 구부리고 배꼽을 잡으며 웃음보를 터뜨렸다. 소르바스는 그 틈을 놓치지 않고 그 사이에 얼른 집 안으로 뛰어들어갔다.

한참을 웃고 나서도 웃음을 멈추지 못한, 선택된 인간은 배를 부여잡고 몸을 돌렸다. 그러자 몸집이 큰 검은 고양이가 의자에 앉아 있는 모습이 눈에 들어왔다. 선택된 인간이 소르바스를 보며 말했다.

"대단한 콘서트였어! 우리 부블리나가 네 음악을 그다지 좋아하지 않는 것 같아서 마음에 좀 걸리긴 하지만, 아무튼 넌 대단한 재주꾼이로구나. 보통내기가 아냐."

"나도 내 노래가 형편없었다는 건 알고 있어요. 누구나 완벽할 수는 없잖아요."

소르바스는 인간의 언어로 대답했다.

그 소리를 들은 선택된 인간은 놀라서 입을 딱 벌렸다. 얼굴을 한대 얻어맞은 듯 멍하니 서 있다. 뒷걸음치더니 등을 벽에 바싹 기대고 소리쳤다.

"아니, 인간의 언어로 말을 하다니……."

"당신도 말을 하잖아요. 내게는 그다지 신기한 일이 못 돼요."

"고, 고, 고양이가 인간의 말을 하다니. 고양이가……."

그 사람은 너무 놀라서 마침내 소파에 털썩 주저앉고 말았다.

"나는 지금 말을 하고 있는 것이 아니라, 단지 인간의 언어로 의사 소통을 하고 있는 겁니다. 사실 나는 여러 언어로 사람들과 의사 소통을 할 수 있어요."

소르바스가 설명을 하려고 애썼다.

선택된 인간은 머리를 손으로 감싸고 아예 눈을 감아버렸다. 그리고 혼자서 중얼거렸다.

"피곤해서 그럴 거야. 피곤 탓이겠지."

그렇게 결론 내리고 눈을 떴다. 그러나 몸집이 큰 검은 고양이는 아직도 소파에 앉아 있었다.

"착각일 거야. 그렇지, 넌 유령인가 보구나."

선택된 인간이 넌지시 물었다.

"천만에. 나는 지금 당신과 의사 소통하고 있는 진짜 고양이예요."

소르바스가 확실하게 대답했다.

"당신은 선택된 사람이에요. 우리는 지금 아주 어려운 문제에 부딪혔거든요. 항구의 모든 고양이들은 당신이 우리를 도와서 이 문제를 해결할 수 있는 유일한 사람이라고 믿었어요. 그래서 당신을 만장일치로 선택한 겁니다. 당신은 지금 정신이 이상한 것이 아니에요. 나도 환상이 아니라 진짜 살아 있는 고양이라고요."

소르바스는 우선 선택된 인간을 안심시켜야 했다.

"그런데, 네가 방금 여러 나라 언어로 인간과 의사 소통을 할 수 있다고 했지?"

선택된 인간은 아무래도 믿을 수 없다는 표정이었다.

"그래요. 정 못 믿겠다면, 한번 테스트를 해보세요. 자, 어서요."

"부온 지오르노."(이탈리아의 아침 인사)

그 사람은 바로 말을 걸었다.

"지금은 오후잖아요. 그것보다는 부온 세라(이탈리아의 오후 인사)라고 하는 편이 정확하죠."

소르바스가 오히려 잘못된 표현을 바로잡아줬다. 그 사람은 다시 말했다.

"카리메라."(현대 희랍어의 아침 인사)

"카리스페라(현대 희랍어의 오후 인사). 지금은 오후라고 말했잖아요?"

소르바스가 다시 바로잡아줬다.

"도베르단!"(슬라브어 계통의 아침 인사)

선택된 인간은 그래도 믿지 못하겠다는 듯, 집요하게 물고 늘어졌다.

"도베르 베체르(슬라브어 계통의 오후 인사). 자, 이 정도면 되겠지요? 이제 좀 믿을 수 있나요?"

"이젠 믿을 수밖에 없군. 그래, 설령 꿈이라 하더라도, 그게 뭐 그리 중요하겠나. 나도 지금 이대로 계속해서 꿈을 꿨으면 좋겠군."

"그렇다면 이제 본론으로 들어가도 되겠군요."

소르바스는 머뭇거리지 않고 말했다.

선택된 인간은 고개를 끄덕이며 동의했다. 그러나 인간들이 대화를 나눌 때처럼 격식은 제대로 차리자고 제안했다. 그는 고양이에게 우유 한 컵을 갖다 주었다. 그리고 그 자신도 향기 좋은 코냑 한 잔을 손에 들고 소파에 편하게 앉아서 대화를 나눌 자세를 갖췄다.

"자, 그럼 얘기를 시작하지."

마침내 선택된 인간이 소르바스의 말을 경청하기 시작했다.

소르바스는 지금까지 일어난 일들을 자세히 설명했다. 어미 갈매기, 알, 부화, 아포르뚜나다, 그리고 아포르뚜나다에게 나는 법을 가르쳐 주려고 했던 고양이들의 피나는 노력과 계속된 실패 등에 대해서. 소르바스는 얘기를 마치자마자 진지하게 질문을 던졌다.

"우리들을 도와줄 수 있겠습니까?"

"물론이고 말고. 오늘 밤 당장에 가르쳐주지."

선택된 인간이 의외로 흔쾌히 대답했다.

"오늘 밤이라고요? 정말예요?"

소르바스가 물었다.

"이보게 친구, 저 창문으로 하늘을 보게. 뭐가 보이지?"

그 사람은 소르바스의 앞발을 잡아끌면서 말을 이었다.

"구름, 짙은 먹구름이네요. 폭풍우가 밀려오고 있으니 곧 비바람이 치겠어요."

"바로 그거야."

"바로 그거라뇨? 미안하지만, 당신이 무슨 말을 하고 있는지 잘 이해가 안 되는데요."

그러자 선택된 인간은 책상으로 가서 책을 한 권 가지고 오더니, 이리저리 책장을 뒤졌다. 그리고는 마침내 무엇인가를 찾아냈다.

"잘 들어봐. 내가 시를 한 수 읊어주지. 베르나르도 아틀사가라는 시인이 지은 거야. 제목이 '갈매기들'이지."


그의 작은 용기는

곡예사들의 그것과 같기에

늘 바람을 가져오고

늘 해를 몰고 오는

저 폭우 때문에

그토록 한숨을 쉬지는 않지요


"아, 이제서야 이해할 수 있겠어요. 난 당신이 우리를 도울 수 있으리라고 믿어요."

소르바스는 너무 기쁜 나머지 의자 위에서 펄쩍펄쩍 뛰면서 좋아했다.

소르바스와 선택된 인간은 자정에 전시장 정문 앞에서 만나기로 약속했다. 그리고 그 소식을 친구 고양이들에게 한시라도 빨리 전하기 위해서 소르바스는 힘차게 뛰어갔다.

# 날아라, 아포르뚜나다

함부르크 상공의 하늘은 짙은 비바람으로 뒤덮여 있었다. 정원은 비에 젖은 땅속에서 솟아 올라오는 향기로 가득했고 아스팔트 거리는 물기로 반짝거렸다. 네온사인 불빛은 비에 젖은 거리에서 어른어른 거리고 있었다.

누군가 비옷을 걸쳐 입고서 하리의 전시장을 향해 외로이 길을 걷고 있었다.

"절대로 안 돼!"

침팬지가 소리를 질렀다.

"절대로 문을 열어줄 수 없어! 네 발톱 50개로 내 엉덩이를 찔러버린다 해도 그건 안 돼!"

"아무도 너를 해칠 생각은 없어. 제발 사정 좀 봐줘라. 한 번만!"

소르바스가 간청했다.

"개장 시간은 오전 9시부터 오후 6시까지야. 그것이 규칙이니까

지켜야지."

마띠아스가 고집을 부렸다.

"이런 해마 코털 같은 놈! 야, 이 늘보원숭이야, 너는 평생에 딱 한 번만이라도 좀 친절해질 수 없니?"

바를로벤또가 흥분해서 큰 소리로 꾸짖었다.

"원숭이 아저씨, 제발 문 좀 열어주세요."

이 광경을 지켜보고 있던 아포르뚜나다가 애원했다.

"안 된다니까! 규정이 있기 때문에 내 손으로 문고리를 열어줄 수는 없지. 너희들 털북숭이 벼룩 덩어리들이 한번 열어보시지. 하지만 네 녀석들은 아무리 애를 써도 문을 열 수는 없을걸. 손가락이 있어야 말이지."

마띠아스가 약을 바짝 올리면서 능청을 부렸다.

"정말 형편없는 원숭이로군! 이런 나쁜 놈! 어째 이런 일이!"

사벨로또도가 분을 삭이지 못해서 씩씩거렸다. 이때 창문을 슬쩍 쳐다보고 있던 세끄레따리오가 소리쳤다.

"밖에서 누군가 시계를 보고 있어."

"시인이다! 시간이 없어!"

소르바스는 이렇게 말함과 동시에, 전속력으로 창문을 향해 뛰어가 몸을 날렸다.

그때 성 미카엘 교회의 종소리가 울려 퍼졌다. 자정을 알리는 소리였다. 유리창 깨지는 소리가 들린 것도 그때였다. 그 소리에 깜짝 놀란 시인 앞에 몸집이 큰 검은 고양이가 툭 하고 떨어졌다. 가까스로 몸을 추스른 고양이는 그 자리에서 벌떡 일어났다. 그리고는 머리에 난 상처를 돌볼 겨를도 없이, 자신이 몸을 날려서 뛰쳐나왔던 그 창문으로 다시 뛰어들어갔다.

곧이어 고양이들은 모두 힘을 합쳐서 아기 갈매기를 창문틀 위에 올려놓았다. 시인은 창문 가까이 다가섰다. 고양이들 뒤에는 침팬지 한 마리가 양손으로 눈과 귀와 입을 가린 채 황당한 표정으로 서 있었다.

"자, 받아요! 유리에 다치지 않게 조심해요."

소르바스가 주의를 주면서 소리쳤다.

"둘 다 이리 와."

아기 갈매기를 손으로 받으면서 시인이 말했다.

그는 아기 갈매기와 함께 몸집이 큰 검은 고양이도 외투 속에 넣어 감싸 안고는 황급히 전시장의 창문 근처에서 벗어났다.

"이런 못된 망나니 같은 악당들아! 두고 보라지, 언젠가 이 빚을 톡톡히 치러야 할걸!"

침팬지가 분에 못 이겨서 길길이 날뛰었다.

"자업자득이지! 내일 아침에 하리가 뭐라고 할까? 아마 네가 유리를 깬 줄 알걸."

세끄레따리오가 고소해서 약을 올렸다.

"이런, 이번에도 역시 내가 할 말을 또 가로채고 말았군."

꼴로네요가 말했다.

"이러고 있을 때가 아냐! 빨리 지붕으로 올라가! 우리 행운아가 나는 모습을 봐야지!"

바를로벤또가 정신을 차리고 다그쳤다.

몸집이 큰 고양이와 아기 갈매기는 외투 속에서 따뜻하고 편안하게 쉬면서 올 수 있었다. 인간의 따뜻한 체온도 맛볼 수 있었다. 시인은 빠른 발걸음이지만 꽤 안전하게 한 발자국씩 앞으로 나갔다. 그들 셋은 한 몸이 되어 서로의 심장박동 소리를 들었다. 리듬은 서로 달랐으나, 그 격렬함은 똑같았다.

"너 어디 다쳤구나. 많이 아프지?"

외투 깃에 묻은 핏자국을 본 시인이 고양이에게 물었다.

"괜찮아요. 근데 우리 어디로 가는 거죠?"

소르바스는 자신의 상처에는 아랑곳하지 않고 행선지를 궁금해했다.

"인간의 말을 이해할 수 있어?"

아포르뚜나다가 의아해서 물었다.

"물론. 이 사람은 참 좋은 사람이야. 네가 날 수 있게 도와줄 거야."

소르바스가 확신을 심어주며 안심시켰다.

"어디로 가는지 말해주세요."

소르바스가 다시 물었다.

"이제 다 왔어. 바로 여기야."

시인이 말했다.

소르바스는 머리를 내밀고 밖을 내다보았다. 그들은 커다란 건물 앞에 서 있었다. 눈을 높이 치켜떴다. 성 미카엘 교회의 탑이 보였다. 여러 개의 등대 불에 비친 탑의 모습이 어스름하게 눈에 들어왔다. 마침내 동판으로 둘러싸인 철탑 구조물의 날씬한 모습이 불빛을 받아서 서서히 드러나기 시작했다. 수많은 세월의 흐름에 따라서 거센 비바람을 맞은 까닭에 녹이 심하게 슬어 있었다.

"문이 잠겼을걸요."

소르바스가 걱정스럽게 물었다.

"열려 있는 곳이 있지."

선택된 인간이 자신 있게 말했다.

"나는 폭풍우가 치는 날이면 가끔씩 이곳을 찾아오지. 혼자서 담배도 피우며 명상에 잠기려고 말이야. 그래서 이곳 지리는 잘 알고 있어. 우리가 들어갈 수 있는 문이 하나 있지."

옆으로 탑 주위를 돌아가자 쪽문 하나가 보였다. 선택된 인간은 휴대용 칼을 이용해서 문을 열었다. 그들은 어두컴컴한 문 안으로 들어갔다. 선택된 인간은 호주머니에서 손전등 하나를 꺼냈다. 그들은 가느다란 손전등 불빛을 따라서 계단을 올라갔다. 끝이 보일 것 같지 않은 꼬불꼬불한 나선형 계단이었다.

"아이, 무서워!"

아포르뚜나다가 겁에 질려 울먹였다.

"그래도 너는 하늘을 날고 싶지? 조금만 참자!"

소르바스가 다독거리며 힘을 돋궈주었다.

성 미카엘 교회의 종루에 올라서자, 시내 전경이 한눈에 들어왔다. 거센 빗줄기가 텔레비전 방송국 송신탑 주위로 휘몰아치고 있었다. 항구에 있는 기중기들은 한껏 웅크리고 잠들어 있는 벌레들만큼이나 조그맣게 보였다.

"저길 봐, 저기가 하리의 전시장이야. 우리 친구들이 저기 있지."

소르바스가 앞발로 방향을 가리키며 신기한 듯이 소리쳤다.

"엄마! 무서워!"

아포르뚜나다는 아까부터 겁에 질려 있었다.

소르바스는 아무 말 없이 종루와 연결된 난간으로 훌쩍 뛰어올라갔다. 그곳에서 밑을 내려다보니 자동차들이 아주 조그맣게 보였다. 마치 곤충들이 눈에서 빛을 발산하면서 움직이고 있는 것처럼 보였다. 선택된 인간은 아기 갈매기를 들어올렸다.

"안 돼! 무서워요! 소르바스! 소르바스, 도와줘!"

아포르뚜나다는 인간의 손을 부리로 세차게 콕콕 쪼면서 소르바스에게 도움을 요청했다.

"잠깐만! 그대로 난간에 내려놓으세요. 내가 할 말이 있어요."

소르바스가 요청했다.

"아포르뚜나다, 너는 틀림없이 날 수 있어. 숨을 크게 쉬거라. 빗물을 몸으로 느껴봐. 그냥 물이란다. 너는 살아가면서 많은 것들 때문에 행복을 느낄 거야. 어떤 때는 물이라고 하는 것이, 어떤 때는 바람이라는 것이, 또 어떤 때는 태양이라고 부르는 것이 바로 그런 것들이란다. 그런데 이 모든 것들은 비가 내린 다음에 찾아오는 것들이지. 일종의 보상처럼 말이야. 그러니 자, 이제 비를 온몸으로 느껴봐. 날개를 쫙 펴고서 말이지.”

소르바스가 아포르뚜나다를 자상하게 설득했다.

결국 아기 갈매기는 날개를 힘차게 펼쳤다. 강한 빗줄기에 완전히 젖은 아기 갈매기의 몸은 등대 불빛을 받아 환하게 반짝였다. 아기 갈매기는 드디어 눈을 감고서 고개를 높이 쳐들었다.

“비…… 물…… 참 좋구나!”

아기 갈매기가 말했다.

“자, 이제 훨훨 날아야지.”

소르바스가 격려했다.

“엄마, 사랑해요. 정말 고마웠어요!”

아포르뚜나다가 난간 끝까지 다가와서 소르바스에게 작별인사를 했다.

“넌 날 수 있어. 저 넓은 창공이 네 세상이 될 거야.”

소르바스가 말했다.

“잊지 않을 거예요. 다른 친구들도 잊지 않을게요.”

아기 갈매기는 그렇게 말하면서 어느새 난간 끝에 걸치듯이 서 있었다.

그 순간 고양이의 머릿속에 아특사가의 시가 문득 떠올랐다. 그 시구처럼 아기 갈매기가 곡예사의 마음으로 평정을 유지하고 있다는 것을 알았다.

소르바스는 한쪽 발을 들어 마치 갈매기를 어루만지듯이, 허공에 대고 손을 흔들며 날아가라는 신호를 했다.

"날아라!"

아포르뚜나다는 곧 그들의 시야에서 사라졌다. 찰나의 일이었다. 당황한 고양이와 시인은 최악의 경우까지도 생각했다. 조바심이 났다. 그들은 숨을 멈춘 채 고개를 쭉 내밀어 난간 끝을 살며시 내려다보았다.

아기 갈매기가 날고 있었다. 돌멩이처럼 그대로 떨어지던 아기 갈매기가 날개를 쫙 펴고 주차장 위를 힘차게 날고 있었다. 그리고는 성 미카엘 교회의 맨 꼭대기까지, 아니 탑 위에 달린 팔랑개비까지 날아오르는 것이었다.

아포르뚜나다는 아무도 없는 함부르크의 상공을 혼자서 쓸쓸히 날고 있었다. 힘찬 날갯짓을 하면서, 저 멀리 있는 항구의 기중기들과 선박들의 마스코트 위를 자유자재로 날고 있었다. 그러더니 이내 되돌아와서 성 미카엘 교회의 종루 주위를 한 바퀴 선회했다.

"소르바스! 자, 봐요! 이제 날 수 있어요!"

갈매기는 광활한 밤하늘을 날며 자랑스럽게 외치고 있었다.

시인은 고양이의 등을 어루만지며 말했다.

"됐어, 우린 드디어 해낸 거야!"

"그래요, 아기 갈매기는 이제야 중요한 사실을 깨달은 거예요."

"그게 뭔데?"

"오직 날려고 노력하는 자만이 날 수 있다는 사실이죠."

"그러고 보니 지금은 내가 오히려 방해가 될 것 같구나. 아래서 기다리지."

시인은 소르바스를 혼자 남겨두고 자리를 비켜주었다.

고양이 소르바스는 그곳에서 밤하늘을 세차게 가르며 날고 있는 아기 갈매기를 쳐다보고 있었다. 그 눈가에는 빗물인지 눈물인지 모를 액체 방울들이 하염없이 흐르고 있었다. 몸집이 큰 검은 고양이의 노란 눈에서. 고결하고 숭고한 마음씨를 지닌 고양이의 눈에서.


1996, 라우펜부르크, 셀바 네그라에서

루이스 세뿔베다

# 옮긴이의 말

　가브리엘 가르시아 마르케스, 호르헤 루이스 보르헤스, 파블로 네루다, 세사르 바예호 등으로 대표되는 라틴아메리카 문학은 20세기 세계 문학사에서 가장 빠른 시간 내에 가장 괄목할 만한 성장을 보여주었다. 이러한 급성장세를 주도한 작가들은 주로 1960년대의 붐 세대 작가들이지만, 그들의 뒤를 계속해서 이어갈 포스트 붐 세대의 젊은 작가 층도 꽤나 두텁다. 이는 라틴아메리카 문학이 향후의 새 시대에도 세계 문학계에서 차지하는 비중이 결코 만만치 않을 것임을 예고하는 부분이다.

　1999년 중앙일보에서 선정한 '떠오르는 밀레니엄 작가' 20인 중 라틴아메리카를 대표하는 유일한 작가로 선정된 바 있는 칠레 출신의 소설가 루이스 세뿔베다는 이런 흐름의 중심에 있는 인물이다. 그는 청년 시절 암울한 정치적 상황을 타파하고자 반정부 활동을 주도하였다. 그것은 바로 피노체트 정권의 권위주의적 통치와

인권 탄압에 대한 저항이었다. 그 결과 그는 23세 때부터 오랜 망명 생활을 시작하게 된다. 그는 이 시기의 망명이 새로운 경험을 추구하고자 하는 욕구의 발로였다고 술회했다. 그는 항상 자신의 직접적인 경험을 중시했는데, 망명도 그러한 경험 중의 하나라는 것이다. 또한 망명 생활이 오히려 조국의 모습을 객관적이고 냉철하게 판단하는 데에 도움을 주었다고 한다.

세뿔베다는 페루, 에콰도르, 콜롬비아 등지에서 연극단체를 설립하였을 뿐 아니라 언론인으로서도 명성을 떨쳤다. 그런가 하면 국제기구인 유네스코에서 일하기도 하였다. 지금도 그린피스 일원으로 환경보호와 소수민족 보호 운동에 적극적으로 참여하면서 그러한 내용을 작품 속에 담아내고 있다. 그래서 그는 '행동하는 지성'의 대표적인 인물로 꼽히고 있다.

세뿔베다는 시, 희곡, 라디오 드라마, 에세이, 단편, 중편 등 다양한 장르의 작품을 출간했다. 1969년 쿠바의 '카사 데 라스 아메리카스'에서 수여하는 단편소설상 수상을 시작으로, 세계 연극 페스티벌에서는 《살찐 자와 마른 자의 삶, 정열 그리고 죽음》이라는 작품으로 최우수상을 받는 등 촉망받는 젊은 작가로 부상하였다. 그를 세계적인 작가의 위치로 올려놓은 결정적 작품은 1989년에 발표한 《연애소설 읽는 노인》이다. 이 소설이 유럽과 미국에서 번역되면서 본격적인 각광을 받기 시작했다. 그는 이 소설로 '띠그레 후안' 상을 받기도 하였다.

세뿔베다는 자연과 환경을 중시하는 환경작가다. 이 작품 역시 그러한 내용을 문학적으로 형상화하고 있다. 어느 날 자신의 아이들에게 인간이 자연을 훼손함으로써 빚어지는 폐해에 대해 이야기해주겠다고 스스로 약속한 것이 이 작품의 창작 동기라고 작가 스스로 밝히고 있듯이, 현대 문명이 야기한 자연과 환경파괴의 문제를 다루고 있다.

  주인공인 고양이 소르바스와 갈매기 켕가의 만남으로부터 시작되는 이 작품은, 동물들이 목격한 인간에 의한 환경오염 실태를 적나라하게 고발하고 있다. 흑해의 기름덩어리를 온 몸에 뒤집어쓴 갈매기는 죽어가면서도 인간의 해양오염 실태를 폭로하는가 하면, 고양이들조차 인간의 근시안적 자연파괴 행동을 측은하게 여긴다. 의식적으로 또는 무의식적으로 저지르는 환경오염에 대한 인간의 실수와 무지를 꼬집고 있는 것이다.

  환경작가로서의 세뿔베다의 모습은 다른 작품에서도 여실히 드러나고 있다. 예를 들면,《연애소설 읽는 노인》에서는 아마존 밀림의 한 촌락을 배경으로 다양한 인물군의 개성을 보여주면서, 생명의 근원이며 신성한 영역으로 남아야 할 자연에 대한 작가의 사랑을 보여주고 있다. 그는 오지 마을에 금을 찾아서 몰려온 외지인들이 원주민의 생활에 끼여들면서 발생하는 자연과 인간의 대립을 통해 자연과 문명의 갈등을 흥미진진하게 묘사하고 있다.

  같은 해에 발표된《세상 끝으로의 항해》도 환경보호를 주테마로

하고 있다. 남극해에서 불법 고래잡이를 하는 일본의 해상 가공선에 맞서서 외롭게 투쟁하는 늙은 뱃사람의 이야기를 그리고 있다. 세뿔베다 특유의 간결하고 선명한 언어는 독자들에게 남극의 바닷물과 같은 청정한 메시지를 전달한다. 하루하루 지구촌의 숨통을 조이고 있는 환경파괴는 비단 고래나 코끼리의 살육에만 국한되는 것이 아니라, 화학물질이나 핵폐기물의 불법 처리 또한 마찬가지라고 경고한다. 작가는 이런 문제를 개발국들이 저개발국들의 환경을 임의로 파괴하는 현실과 연결시키며, '가진 나라'들의 '못 가진 나라'들에 대한 기만적 약탈행위라고 비판하고 있다.

결국 이 작품에서 작가는 과학과 진보에 편향된 인간들의 편의적 시각을 강하게 비판하면서, '광기'야말로 인류가 가진 유일한 자산이라고 규정하고 있다.

세뿔베다가 구사하는 문장과 언어는 간결하고 섬세하다. 그러나 그가 보내는 메시지는 강렬하고 엄격하다. 그는 서로 다른 존재를 포용하고 인정할 것을 주장한다. 즉 타자와의 따뜻한 의사소통을 주장하는 것이다. 그것이 쉬운 일은 아니지만, 그렇게 될 때에야 비로소 인간의 행복과 평화가 보장될 것이라고 그는 믿고 있다.

쉬운 문체로 풀어간 이 소설은 어린이와 어른 모두를 풍부한 상상력의 세계로 이끌며, 세상을 보는 눈을 넓게 해주고, 세상을 좀더 지혜롭게 가꿀 수 있는 방법을 터득하게 하는 감동적인 작품이라 생각된다.

참고로 이 작품은 스페인 바르셀로나의 뚜스켓Tusquets 출판사가 1996년에 펴낸 작품을 번역한 것임을 밝혀둔다.

2000년 6월

옮긴이

옮긴이 **유왕무**

한국외국어대학교 스페인어과를 졸업하고 콜롬비아의 까로 이 꾸에르보 연구소와 하베리아나 대학교에서 문학석사, 박사학위를 취득하였다. 현재 배재대학교 스페인·중남미학과 교수로 재직하고 있다. 주요 논문으로는 〈라틴아메리카 소설에 나타난 역사적 현실과 문학적 형상화〉 〈절대성 상실 시대의 시적 형상화〉 〈마리아페기 작품에 나타난 사회주의적 전망〉 등이 있다.

그린이 **이억배**

1960년 경기도 용인에서 태어나 홍익대학교 조소과를 졸업했다. 그림책 《솔이의 추석 이야기》의 저자이며, 《세상에서 제일 힘센 수탉》 《손 큰 할머니의 만두 만들기》 《반쪽이》 《넌 누구니》 《모기와 황소》 등에 삽화를 그렸다. 함께 그림책을 만드는 아내와의 사이에 1남 1녀를 두고 있으며, 안성에 있는 작은 시골마을에서 단란하게 살고 있다.

# 갈매기에게 나는 법을 가르쳐준 고양이

초판 1쇄 발행    2000년 7월 15일
개정3판 6쇄 발행   2024년 10월 24일

지은이   루이스 세뿔베다
옮긴이   유왕무
그린이   이억배

펴낸곳   (주)바다출판사
주소     서울시 마포구 성지1길 30 3층
전화     322-3675(편집), 322-3575(마케팅)
팩스     322-3858
E-mail   badabooks@daum.net
홈페이지  www.badabooks.co.kr

ISBN    979-11-6689-047-5  03870